KB169582

너희가
혼술을
아느냐

너희가
혼술을
아느냐

김도언 에세이

답

프롤로그

이제는 누구나 다 아는 '혼술'이라는 말이 있다. '혼자서 마시는 술'의 줄임말이다. 이 말은 내 감수성으로 판단하건대, 현재 시점에서는 가치 중립적으로 쓰인다. '혼술'이라는 말을 쓰는 사람들의 의식 속에서 이 말은 옳지도 않고 그르지도 않다는 것이다. 그런데 과거에는 그렇지 않았다. 10~20년 전만 해도 지금도 어떤 사람들에게는 혼자서 술을 마시는 행위는 사회적으로 권장될 수 없는, 환영받지 못하는 금기에 가까웠고 심지어는 알코올 중독과 동의어로 여겨지기도 했다. 혼자서 술을 마셨다고 하면 사회성부터 의심되었다. 하지만 지금 혼술은 경쟁의 구도 속에서 갈수록 부박하고 복잡해지는 인간관계와 사회적 책무, 그리고 개인의 자각된 윤리 사이에서 스트레스를 받고 방전된 사람들이 자신의 주체성을 복원하고 다시 세우는 하나의 솔루션으로 유력하게 거론되는 나름의 매력적인 독립문화, 대안문화 비슷한 게 되어버렸다. 뭐, 어차피 혼술에 긍정적인 말을 할 수밖에 없는 내 처지에서 하는 말이니 꼭 동의를 하지 않아도 된다.

가깝게 지내는 친구 또는 지인과 술을 마시는 걸 제외하면 내 음주의 70퍼센트 이상은 혼자 마시는 술이다. 이것은 자랑도 비하도 아니다. 대부분 집에서 이뤄지는 내 혼술의 역사는 15년 정도를 헤아리는데, 혼술을 본격적으로 즐기기 시작한 것은 이혼이라는 아픔을 겪으면서부터였다. '혼술'이라는 게 사실 고고한 것만은 아니어서 대부분 집의 거실에서 술과 음악에 빠져 방만하게 허우적대다가 새벽녘이 되어서야 나도 모르게 잠이 드는 것이 그내막이다. 하지만 거부할 수 없는 매력과 장점도 꽤 여럿 있다.

코로나 이전 시절의 얘기이긴 하지만, 밖에서 술을 마시다가 귀가 시간을 놓친 술꾼들이 취한 몸을 누일 수 있는 집에 가기 위해서는 잘 오지 않는 택시를 잡아야만 했다. 가까스로 잡은 택시에서 내려서는 택시비를 치르고 가족들이 깰세라 조심스럽게 문을 열고 들어가야 했다. 그 과정에서 택시에 스마트폰이나 지갑을 놓고 내리는 경우는 또 얼마나 많은가. 택시 기사가 가까운 길을 놔두고 일부러 먼길로 돌아갔다는 불편한 의심은 또 어쩌란 말인가. 그런데 집에서 혼술을 하면 그런 수고와 불편을 겪지 않아도 된다. 방에서 마시는 경우, 술상과 침대의 거리는 불과 2미터밖에 안 된다. 컴퓨터엔 저마다 오랫동안 수집해온 다양한 장르의 음원이 저장되어 있고, 거실엔 LP와 턴테이블이 있다. 듣고 싶은 음악을 무한반복해서 들을 수 있는 것이다. 물론 내 경우, 언제든지 내가 원할 때마다 집에서 혼술을 할 수 있는 일인가구라는 특수한 환경이 놓여 있다. 엄처嚴妻나 아이들과 함께 사는 남자에게 내 경우가 보편적으로 시도해볼 수 있는 케이스가 아니라는 것은 안다.

그래도 나는 술을 마시는 사람들에게 밖에서 마시는 술보다 집에서 혼자 마시는 술이 얼마나 매력적인 것인지 설명하는 것을 멈추고 싶은 생각은 없다. 동거하는 가족이 있어도 동의를 구하고 적정하게 확보한 자기 영역에서 호젓하게 술을 마시라는 것이다. 가족들도 밖에서 형편없이 취해서 들어오는 것보다는 그것을 선호할 것이다. 혼술이 허락하는 매력 중에는 사소하면서도 중요한 사실이 하나 있는데, 화장실을 편하게 쓸 수 있다는 것이 그것이다. 밖에서 술을 마셔야 하는 경우, 나는 대개 오래된 낡은 술집을 선호하는데, 그런 집의 화장실은 대부분 위생적이지 않다. 그에 비해 집 화장실은 위생을 초월하는 신성성이 있다. 술집에서는 듣기 싫은 음악이 나올 경우 속수무책으로 그걸 견딜 수밖에 없다. 그런데 내가 구성한 나만의 술집에서는 내가 꽂힌 곡을 열 번 스무 번 반복해서 들어도 아무 문제가 없다. 이즈음에 이르면 집은 나 자신만을 위한 완벽한 주점이 되는 것이다. 그런데 이 완벽해 보이는 주점에도 치명적이면서도 역설적인 단점이 하나 있으니 그것은 체온을 가진 사람과 '쨍' 하면서 술잔 부딪치는 소리가 없다는 것이다. 그건 좀 더 생각해볼 혼술의 과제일 것이다.

이 원고는 혼술을 하면서 내가 느낀 술, 음주, 술자리 등에 대한 주관적인 인상이나 감상 등으로 채워졌고, 내가 좋아하는 안주에 들어간 다양한 식재료들의 영양학적인 정보, 그에 대한 기호, 그리고 레시피로 구성되어 있다. 술상에 올린 요리의 레시피를 정리하면서 나는 그 카테고리를 '레시피 또는 연금술'이라고 명명했는데, 그것은 음식을 바라보는 나의 관점이 반영된 것이다. 나는 이 책에서 언급된 안주용 요리를 만들 때 기존의 레시피를 그대로 적용하지 않고 예외 없이 나름의 독창적인 조리법을 실험적으로 시도했다. 그것은 마치 성분을 알 수 없는 수많은 자연 재료들을 섞어서 끓이고 분류하면서 금을 얻고자 한 연금술사의 행위와 같은 것이라는 생각이 들었다. 모든 음식은 그것을 창조하는 자에 의해서 언제나 반역되고 변개될 수 있다는 점을 나는 말하고 싶었다.

혼술을 제일 좋아하지만 그럼에도 나 역시 다른 애주가처럼 내가 사는 가까운 곳에 마음 편하게 소주를 마실 수 있는 술친구가 살았으면 좋겠다고 생각한다. 그는 내게 "너, 요즘 페북 너무 열심히 하는 거 아냐? 남들에게 너무 좋은 사람처럼 보이려고 애쓰지 마."라거나, "너의 생각은 대체로 좋은데 아주 치명적인 포인트를 놓치고 있어."라거나, 곧 탈고한 원고를 먼저 읽고 날카롭게 품평하는 등의 질 좋은 충고를 편하게 할 수 있는 사람이면 좋겠다. 나 역시 그에게 그럴 수 있는 존재이길 바라고.

결과적으로 내 장애를 고백하는 것일 터인데, 나는 지금까지 남자건 여자건 그런 상대와 술을 마셔본 경험이 없다. 내가 타인을 온몸과 온 마음을 바쳐 절대적으로 받아들인 적이 없기 때문일 것이다. 나는 타인을 사랑하고 싶으면서도 그만큼 두려워했다. 이와 같은 부조리한 상태가 언제까지 이어질지 알 수 없다. 살면 살수록 삶을 모르겠다. 그래서 지금 여기가 이토록 아름다운가.

아무려나 나는 지난 10여 년 간 은밀히 구축해온 내 혼술의 이력을 이제 꺼내놓는다. 그 앞머리에 서서 다만 이 얘기는 하고 싶다. 혼술은 모든 고귀한 경험이 그런 것처럼 간접체험으로는 결코 다가갈 수 없는 세계라는 것이다. 당연히 대리하거나 위탁할 수도 없다. 그런 것들은 모조리 '깡그리' 무의미하다. 혼술은 온몸으로, 자신의 온몸과 감각으로, 발가벗은 정신으로 직접 부딪쳐 깨뜨려서 얻는 어떤 신세계의 경지다. 나는 그 경지를 자꾸 지우거나 바꾸면서 헤매는 캐러밴caravan이다.

프롤로그 | 4

1. 낙지볶음과 생굴 | 13

2. 간장제육볶음과 쌈채소 일체, 강된장 | 24

3. 슬라이스 감자부침과 계란말이 | 33

4. 두부김치 | 42

5. 오징어볶음과 오징어국 | 50

6. 김치전과 온센타마고 | 58

7. 소시지야채볶음 | 67

8. 꼬막무침과 콜라비 | 76

9. 쫄면과 미소된장국 | 85

10. 황태구이와 굴 | 94

11. 주꾸미숙회와 딸기 | 103

12. 짜장떡볶이와 어묵탕 | 112

13. 닭발 | 122

14. 가오리날개찜 | 131

15. 묵은지고등어찜 | 139

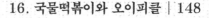

16. 국물떡볶이와 오이피클 | 148

17. 대전식 두부두루치기와 순두부찌개 | 157

18. 부추전과 막걸리 | 167

19. 계란말이 | 177

20. 부대찌개와 멍게 | 186

21. 전복구이와 오이소박이 | 194

22. 얼큰콩나물국과 더덕무침 | 204

23. 돼지고기 김치 두부전골 | 212

24. 푸딩 계란찜과 히레사케 | 220

25. 골뱅이무침 | 228

26. 돼지목살수육 | 237

27. 동그랑땡과 꼬치전 | 246

28. 감자고로케 | 256

29. 춘천식 닭갈비 | 265

30. 연어회와 마늘계란프라이 | 274

에필로그 | 284

1. 낙지볶음과 생굴

나는 지금 인생의 중반을 넘긴 남자이고 직업은 시인 겸 소설가이며 서울에서 살고 있다. 9년째 1인 가구를 꾸리며 독거 생활을 하고 있다는 건 자랑도 비참도 아니고 그냥 팩트다. 아내와의 사이에 아이를 두지 않았기에 이혼을 하면서 자연스럽게 단독생활자가 되었다. 내가 현재 살고 있는 집은 전처와 함께 생활하던 단독주택인데, 그녀가 자신의 짐을 싸서 나갈 때만 해도 나는 혼자 사는 삶에 대해 어떠한 구체적인 준비 같은 걸 하지 못했다. 다시 말해 혼자 사는 삶이 나에게 가져다 줄 의미나 파장 같은 것에 대해 충분히 생각할 시간을 갖지 못한 채 혼자인 삶이 내 앞에 주어진 것이다.

그러다가 1, 2년이 지나면서부터 그것이 무엇이든 혼자 사는 삶의 질서를 찾지 않고서는 내가 원하는 방향으로 내 삶을 올바르게 끌고 갈 수 없겠다는 두려움이 생겼다. 이혼 후 1, 2년을 사실상 현실에 대한 준엄한 인식 없이 혼돈 속에서 보낸 것이다. 정신이 들고부터 혼자 사는 삶의 질서를 찾기 위해서 내가 가장 먼저 해야 할 일을 생각해 보았다. 그리고 다음과 같은 결론에 도달했다. 혼자 사는 삶을 엄연한 현실로, 내가 선택한 주체적인 삶의 형식으로 받아들여야겠다는 것이 바로 그것이다.

사실상 국민국가 체제하에서 사회 공동체의 윤리나 시스템은 혼자 사는 사람을 환영하지 않는다. 학업이나 취업을 위해 유학을 온 대학생이나 취준생들처럼 특별한 목적을 가지면서 혼자 사는 사람들을 제외하면, 성인이 혼자 산다는 것을 사람들은 평범하게 바라보지 않는다. 그도 그럴 것이, 인간의 역사가 누대에 걸쳐 관습적으로 만들어낸 가치가 바로 공동체의 구성원으로서 지켜야 하는 의무나 책임 같은 것들이기 때문이다. 예컨대 가족의 가치는 이념이나 종교를 막론하고 늘 가장 상위의 가치로서 사람들에게 강요된다. 이런 관습에 따라 혼자 사는 사람들은 의무에 대한 책임의식이 희박한 사람들이거나, 사람들과 건강하고 보편적인 소통이나 유대를 하는 데 장애가 있는 사람들로 받아들여지는 경향이 있다.

그런 시선이 예전보다 줄었다고는 해도 여전히 혼자 사는 사람들은 그에 따른 사회적 차별을 일상 속에서 감당해야만 한다. 비근한 예로 식당에 혼자 밥을 먹으러 들어갈 때 늘 식당 주인의 눈치를 보면서 면구스러운 마음을 갖는 것을 들 수 있는데, 자기 돈을 내고 밥을 먹으면서 이런 상황에 직면하게 되면 뭔가 서럽고 억울한 마음이 들기도 한다. 언젠가 꽤 유명한 음식 평론가인 황교익 씨가 혼자 밥을 먹는 사람들을 향해 사회적 자폐가 있다는 식으로 비판적 발언을 한 적이 있는데, 사실 내 생각에는 혼자서 밥 잘 먹는 사람들보다는 혼자서 밥 먹는 게 어색하거나 두려워서 벌벌 떠는 자들이 오히려 정신적으로 문제가 있는 것 같다. 노숙인이나 독거노인처럼 구조적으로 혼자서 밥을 먹을 수밖에 없는 사람들은 또 다른 이해가 필요하지만 사실 혼자서 밥 먹거나 술 먹는 데는 매우 다양한 자발적 이유와 동기가 존재한다. 그리고 그것에는 어느 정도의 자존감이나 독립심이 필요한 것도 사실이다. 혼자 밥 먹는 걸 못 견디는 사람들이 오히려 독립적인 자기표현의 권리에 무감각하면서 타인에 대한 의존성이 큰 사람들이 아닐까 나는 생각한다. 한국 사회 는 오히려 지나치게 자주 어울려 다니면서 술 먹고 밥 먹 어서 나빠진 게 아닌가라는 생각도.

혼자 살기 때문에 나는 혼자 밥을 먹고 혼자 술을 마 실 때가 많다. 잠도 혼자 자고 또 혼자 자주 걷는다. 나는 이처럼 혼자서 감당해야 하는 시간을 통해, 그 시간이 허 락하는 침사沈思에 기대어 내가 어쩌면 다른 이들은 도달 하기 어려운 궁극의 각성에 이를 수도 있을지 모르겠다는 믿음 같은 걸 갖게 되었다. 그 믿음이 공소하고 헛되더라 도 포기할 수는 없는 것이, 이런 믿음마저 없다면 내 존재 의 허구성과 쓸모없음을 견뎌낼 재간이 없기 때문이다.

어쨌거나 혼자 사는 사람은 아무리 그 상황을 주체적 으로 또는 긍정적으로 받아들여도 고독할 수밖에 없다. 사실상 혼자 사는 삶의 성패 여부는 고독을 어떻게 관리

하느냐에 달려 있는 것 같다. 고독을 잘 받아들이기 위해서는 먼저 고독을 부정적으로 보는 시각을 수정해야 한다. 사람들은 고독의 상태를, 불가피한 어떤 상황, 다시 말해 자신의 의지와는 무관하게 어쩌다가 처하게 된 고난의 한 종류라고 생각하는 것 같다. 그들은 고독의 부정적 성격과 고통에 주목해 고독을 가급적이면 벗어나야 할, 극복해야 할 상태라고 간주하는 것 같다. 물론 사람은 나이가 들고 영육靈肉의 조건이 약해지고, 경제력이나 지위 같은 사회적 존재감을 나타내는 지표가 줄어들면 외로워지기 마련이다. 이것은 두말할 나위 없이 불가피한 고독이다. 그러나 나는 한창 왕성하게 사회적 관계를 맺는, 다시 말해 경제적 생산 활동이 가능한 20대부터 50대까지의 사람들 중 대부분이 안타깝게도 고독의 기회를 놓치고 있다고 생각하는 편이다. 사람들이 자신이 고독해야 할 필요성을 조금도 헤아리지 못하고 있는 것처럼 보이는 것이다.

앞에서도 말했지만, 그들은 혼자 밥을 먹거나 혼자 산책하는 것, 혼자 잠을 자고, 혼자 술을 마시는 것 등을 다소간 비정상적인 것으로 생각하는 듯하다. 하지만 내 생각은 좀 다른데, 나는 불가피한 고독이 아직 주어지지 않는 연령대의 사람들일수록 사실은 고독이 지극히 실천적인 행위가 되어야 한다고 생각한다. 의지적으로 고독을 실천하거나 수용한 이들은 실제로 불가피한 고독이 찾아왔을 때도 그 고독을 고통으로서가 아니라 삶의 자연스러운 형태로 받아들일 수 있기 때문이다. 사실 이런 이유 때문이 아니더라도 더 이상 주어진 고통이 아닌 자발적 고독을 즐기는 순간에 우리는 그렇지 않을 때보다 훨씬 더 섬세하게 삶의 근원을 통찰할 수 있다. 이미 그것을 훌륭히 치러낸 수많은 인류의 선배들이 가르쳐준 것이다. 퇴근시간이 다 되어도 전화벨이 울리지 않고, 주말에도 아무도 나를 불러내지 않을 때, 당신에게는 비로소 고독의 기회가 주어진 것이다. 그것을 굴욕이 아니라 단 한번만이라도 영예라고 생각해보는 것은 어떨지. 그리하여 나는 혼자 산다. 나는 고독하다 뭐 어쩔 건데? 같은 배포를 마음에 품어보기를.

이날 차렸던 혼술상에는 낙지볶음과 생굴이 놓여 있다. 아, 내가 저걸 먹었단 말인가. 지금 보아도 군침이 돈다. 낙지볶음과 생굴은 언제 먹어도 질리지 않는, 나의 최애 안주 중 하나다. 내가 처음부터 낙지와 굴을 좋아했던 것은 아니다. 충청도의 내륙, 산지로 둘러싸인 곳에서 나고 자랐기 때문에 나는 다양한 해물을 접할 기회가 많지 않았다. 어렸을 때 고등어나 갈치, 오징어 정도가 그나마 쉽게 먹을 수 있는 해물이었다고 할까. 낙지 요리와 굴을 제대로 먹기 시작한 것은 아마도 20대 후반 들어 대도시에 살면서 경제적인 독립을 한 이후일 것이다. 대형마트나 재래시장, 수산시장 등에 나들이 삼아 가면 철마다 잡히는 해물이 매대와 수족관에 가득했고 그걸 하나하나 사다 먹으면서 해물의 맛에 익숙해졌다. 특히 겨울에 먹는 굴은 감탄이 절로 나는 음식이었다. 그 특유의 바다 향이며 싱그러운 감칠맛은 나로 하여금 굴은 지상의 음식이 아니라 천상의 음식이 아닌가 하는 생각이 들게 할 정도였다. 낙지 역시 내 취향을 제대로 저격하는 식재료였다. 특히 나는 무교동에서 낙지볶음을 맛보고서부터 그 맛에 매료, 아니 중독되다시피 했는데, 결국에는 레시피를 연구해 집에서 만들어 먹는 데에 이르렀다. 처음에는 물론 무교동 낙지볶음 맛을 흉내도 내지 못했다. 파는 음식이라는 게 아무나 하는 게 아니구나 하고 절망하기를 몇 차례. 하지만 수 차례의 시행착오 끝에 지금은 조금 과장해서 말하면 낙지볶음을 눈을 감고도 만들어낼 수 있게 되었다. 그러니까 무교동에 가지 않고도 나는 그곳의 낙지볶음과 똑같은 맛을 낼 수 있다고 자부하는데, 실제로 내가 만든 낙지볶음을 먹어본 지인들은 하나같이 놀라움과 함께 큰 만족감을 표현했다. 그렇지만 사실대로 고백하면 지금도 나는 낙지볶음과 연포탕 등을 좋아할 뿐이지 술꾼들이 별미로 여기는 산낙지를 그닥 잘 먹지 못하고 좋아하지도 않는다.

낙지볶음은 낙지를 이용한 가장 유명한 요리일 것이다. 원래는 콩나물 등 각종 야채와 고추장을 넣고 볶은 요리로 알려져 있지만, 서울 무교동식 낙지볶음이 시그니처 같은 게 되면서 야채가 없이 매콤한 고춧가루와 마늘로 알싸한 맛을 내는 스타일이 낙지볶음의 전형이 되었다. 낙지가 많이 잡히는 넓은 개펄을 끼고 있는 전라도에서는 낙지 연포탕도 많이 먹는다. 해물 육수에 낙지를 넣어 무, 고추, 다진 마늘 등등을 넣어 끓여낸 음식으로 시원하면서 깔끔한 국물이 매우 인상적이고 낙지의 쫄깃한 식감도 일품이다. 전라도식 낙지요리에는 낙지를 칼로 치대고 참기름과 통깨 등을 뿌려서 먹는 낙지탕탕이도 있다. 목포는 낙지호롱이라는 특유의 메뉴가 유명하다. 낙지를 젓가락 등 막대에 돌돌 말아서 양념장을 바르고 석쇠나 프라이팬에 구워내는 음식이다. 많이 알려진 것은 아니지만 해안을 중심으로 퍼진 속담에 "봄 조개, 가을 낙지"라는 말이 있다. 가을 식재료 중 으뜸이 낙지라는 뜻일 테다. 낙지의 영양가는 '펄 속의 산삼'이라거나 '낙지 한 마리가 인삼 한 근과 맞먹는다'라는 말이 있듯이, 예로부터 사람에게 좋은 보양식으로 여겨지고 있다.

정약전의 〈자산어보〉에도 낙지는 "사람의 원기를 돕는다"고 하면서 "야윈 소에게 낙지 네댓 마리를 먹이면 금방 기력을 회복한다"라는 부연 설명까지 곁들이고 있을 정도이다. 실제로 농사일을 하던 소가 비실거릴 때 낙지를 배춧잎 등에 싸서 주면 게걸스럽게 먹어 치우고 바로 펄펄 날아다닌다. 중국의 의서인 〈천주본초〉泉州本草 역시 낙지는 익기양혈益氣養血, 즉 기를 더해주고 피를 함양해주기 때문에 온몸에 힘이 없고 숨이 찰 때 효능이 있다고 했다.

🧪 레시피 또는 연금술

• 낙지볶음용 낙지는 씨알이 굵은 게 좋다. 산낙지로 주로 먹는 세발 낙지보다 다리가 굵은 것을 볶음용으로 사용하는 게 좋다는 말이다. 먼저 낙지를 밀가루로 치대며 씻어 다리의 흡반에 들어 있는 이물질을 제거해야 한다. 그런 다음 흐르는 물로 깨끗하게 헹군 낙지를 적당한 크기로 썰어서 프라이팬에 담는다. 머리는 써도 되고 안 써도 되는데, 머리를 쓸 경우엔 머리를 갈라 안에 있는 내장과 먹물, 그리고 이빨 등을 깨끗이 제거해야 한다. 먹물이 양념에 스미게 되면 색깔도 탁해지고 맛에도 안 좋은 영향을 미친다. 낙지를 손질했으면 양념을 만들어야 하는데, 일단 신선한 생마늘을 잘 다지는 게 중요하다. 양은 1인분 기준으로 다섯 알 정도가 좋다. 마늘을 다진 다음에는 베트남 고추 말리는 것을 빻는다. 서너 개 정도가 적당하다. 고춧가루와 청주를 넣는다. 고춧가루는 1인용 기준 두 큰 스푼 정도가 적당하다. 청주가 없으면 맛술로 대체해도 좋다. 양조간장 한 큰 스푼을 넣고 요리당 반 큰 스푼을 넣는다. 프라이팬에 양념을 넣고 가열한다. 낙지가 어느 정도 익었을 때 찹쌀전분가루를 물에 개어 넣는다. 한 큰 스푼 정도면 적당하다. 그러곤 약불로 1분 정도만 더 볶는다.

2. 간장제육볶음과 쌈채소 일체, 강된장

혼술상과 제육볶음, 어딘지 매칭이 잘 안된다고 느껴질 수도 있다. 왜냐하면 혼술상이란 무릇 단출하고 오롯한 것이어야 한다는 어떤 통념으로부터 사람들이 자유롭지 못하기 때문이다. 나 역시 그런 생각을 하고 있다. 혼자서 술을 마시면서 혀를 호사스럽게 하거나 배를 불릴 생각을 하는 게 어딘지 불경하게 느껴지는 것이다. 사실 혼자 마시기 위해 준비되는 술상이 각종 음식으로 거하게 차려지는 것은 반칙에 해당한다. 혼술상은 식탐을 만족시키기 위한 상이 아니다. 당연히 소박하고 조촐한 것이 옳다. 혼술을 자신의 내면을 골똘히 들여다보기 위한 일종의 정신적 행위로 받아들이는 사람에게는 더욱 그렇다. 우리의 무의식 속에 혼술은 그런 풍경으로 들어 있다. 그냥 방바닥에 앉아 상도 차리지 않고 안주도 없이 '강소주'를 마시는 것. 캔맥주를 과자부스러기 같은 것과 마시는 것.

사정이 이와 같은데 어딘지 모르게 제육볶음은 다소 풍요로운 이미지를 가지고 있는 메뉴다. 그래서 혼술상에 올라서는 안 될 것 같다. 아마도 우리 모두가 똑같이 가난했던 시절, 드물게 식탁에 올랐던 제육볶음이 식구들 모두에게 미소를 짓게 했던 일종의 '소울푸드'였던 것과 연관이 있을 것이다. 우리에겐 그 식탁에서 형제들과 젓가락 다툼을 하며 제육볶음을 먹었던 기억이 있다. 부모님은 그런 모습을 안쓰러우면서도 흐뭇하게 바라보셨을 것이다.

좀 이상한 질문인데, 돼지고기가 없었다면, 아니, 인류에게 돼지고기를 먹는 문화가 없었다면 과연 나라는 사람이 존재할 수 있었을까. 급진적인 채식주의자들에게는 참 망측하게도 들릴 소리일 법도 한데, 순전히 영양학적 관점에서 인간의 신체 발육에 관여한 정도를 생각할 때 돼지고기가 나를 키웠다고 말해도 과언은 아닐 것이다. 내 남루한 상상력은 돼지고기를 대체할 만한 그 어떤 것도 떠올릴 수 없다. 이것은 아마도 나 개인만의 경험이 아니라 우리나라 국민들에게 공통적으로 해당하는 얘기가 아닐까 싶다. 돼지고기는 한국인들에게 가장 친근하면서 또 한국인들이 가장 즐겨 먹는 익숙한 식재료 중 하나이기 때문이다. 그것은 통계로도 증명이 된다.

돼지고기를 생각하면 일단 유년 시절의 몇몇 풍경이 자연스럽게 떠오른다. 나는 어렸을 때부터 돼지고기를 참 좋아했는데, 특히 제육볶음을 가장 잘 먹었다. 아버지의 월급날이면 어머니가 시장에서 돼지고기를 사와서 김치랑 같이 볶거나 양파 같은 채소와 볶아서 밥상에 올리던 음식이 제육볶음이었다. 어머니를 따라 시장에 가면 정육점 아저씨가 돼지고기를 뭉텅뭉텅 잘라 신문지에 돌돌 말아주곤 했는데, 까치발을 하고서 아저씨의 손놀림을 바라보던 유년 시절의 내 모습이 지금도 생생하게 기억난다. 그리고 어머니가 돼지고기를 도마 위에 올려놓고 칼로 자르던 모습도. 당시만 해도 돼지고기는 주로 볶

아서 먹거나 찌개로 끓여 먹는 음식이었다. 지금처럼 고기 자체만을 구워서 먹는 것은 경제적으로 효율적이지 않았기 때문이다. 우리의 어머니들은 김치와 야채를 곁들여 부족한 고기의 양을 채우곤 했다. 그런데, 돼지고기 특유의 고소한 기름기가 배인 김치나 야채도 여간 맛있는 게 아니어서 접시 위의 제육볶음이 말끔하게 비워지는 데는 단 몇 분이면 충분했다.

제육볶음은 간장을 베이스로 하는 게 있고 고추장을 베이스로 하는 게 있다. 그리고 잘 익은 김치와 함께 볶는 것도 있다. 나는 제육볶음이라면 종류를 불문하고 다 잘 먹었는데, 이날은 간장을 베이스로 하고 야채를 듬뿍 넣은 제육볶음을 만들어 술상에 올렸다. 혼술상의 이미지와 제육볶음이 어울리는지 안 울리는지는 독자들이 판단해야 할 몫이리라. 단 제육볶음을 만들어 혼술을 하는 날은 술이 유독 꿀꺽꿀꺽 잘 넘어간다는 사실은 말해두고 싶다.

돼지고기에 대해서 내가 공부한 걸 좀 말해보자면, 고기의 중량 기준으로 우리나라에서 가장 많이 소비되는 고기는 돼지고기다. 물론 도축되는 개체 수로 따지면 한국을 비롯하여 전 세계에서 가장 많이 소비되는 육류는 닭고기일 수밖에 없지만. 보통 50킬로그램짜리 돼지 한 마리를 닭으로 환산하면 중간 크기의 닭 6~70마리 중량과 맞먹을 테니 말이다.

한국인이 돼지고기 하면 제일 먼저 떠올리는 부위가 바로 삼겹살이다. 국내에서 생산하는 양으로는 그 수요를 감당하기 힘들기 때문에 많은 나라에서 삼겹살을 수입할 정도인데, 내 기억에 30여 년 전만 해도 삼겹살은 그렇게 보편적으로 먹는 음식이 아니었다. 그 전에는 돼지고기에서 갈비가 사람들이 가장 좋아하고 많이 찾는 부위였고 그것을 양념에 재워 구워 먹거나 찜을 해먹고는 했다. 그렇다면 언제부터 삼겹살이 국민적인 메뉴가 되었던 것일까. 몇 가지 설이 있지만 바깥의 현장에서 먼지를 마시며 일하는 노동자들이 회식 때 삼겹살 등 기름기가 있는 돼지고기를 간단히 구워 먹는 걸 즐기면서 점차 국민적인 애호 식품으로 퍼졌다는 것이 정설이다. 내 개인적인 취향으로는 나는 삼겹살 부위 역시 그냥 구워 먹는 것보다 양념을 해서 볶음용으로 해 먹는 걸 더 좋아한다. 삼겹살은 지방과 살코기가 적절하게 섞여 있어서 제육볶음을 했을 때 양념이 배인 지방과 살을 씹는 맛이 제각기 특별하다.

돼지고기는 또한 수육을 해 먹기도 한다. 뒤에서 수육을 올린 혼술상 이야기를 할 때 자세히 하겠지만 수육은 고기를 푹 삶아 먹는 것이다. 돼지고기를 물에 넣고 삶으면 특유의 강렬한 풍미가 올라오는데 여기엔 각자의 취향이 개입한다. 돼지의 지방층은 군내를 풍기는 편인데, 특히 성숙기가 된 수돼지는 '웅취'라고 별도로 구분해서 부를 정도로 지방 군내가 다소 심한 편이다. 이 웅취를 미리 차단하기 위해 돼지사육 농가에서는 생후 2~3주가 된 어린 수돼지의 고환을 제거하기도 한다. 이때 마취 없이 재빨리 칼로 째서 떼어내야 하는데, 이 과정에서 불쌍한 아기 돼지들이 스트레스를 받아 폐사하기도 한다고 한다.

돼지는 성장이 매우 빨라 생후 6개월 만에 100~120킬로그램까지 몸무게가 늘어나고 한번에 10여 마리의 새끼를 낳기에 고기를 얻기 위한 목적이라면 돼지보다 더 효율적인 포유류 가축은 존재하지 않는다. 한자에서 집가家자가 지붕 아래 돼지가 있는 것을 상형한다는 것을 생각하면, 환경이 문제가 되지 않을 경우 돼지 이상으로 고기를 얻기 좋은 가축이 없다는 것을 알 수 있다. 미국 농무부USDA의 연구 기준으로 돼지는 섭취한 칼로리의 25퍼센트를 고기로 전환하는 반면, 소는 14퍼센트 가량이 고기로 전환된다고 한다..

레시피 또는 연금술

• **간장제육볶음** : 일단 잘 저며진 돼지목살 또는 삼겹살을 보울에 넣는다. 당연히 냉동육보다는 생고기가 더 비싸고 맛있다. 2인용 기준 양조간장(두 큰 스푼), 다진 마늘(5개 정도), 채썬 양파, 대파, 맛술(한 큰 스푼), 요리당(한 큰 스푼)을 넣고 10분간 재운다. 매실액기스 같은 게 있으면 취향에 따라 넣어줘도 좋다. 프라이팬에 중간 불로 볶는다.

• **강된장** : 이것은 내가 개발한, 그 어디서도 참조할 수 없는, 나만의 강된장 레시피라고 자부하는데, 일단 몸길이 8~9cm에 이르는 대자 마른 멸치를 끓는 물에 불린다. 불린 멸치를 꺼내 대가리와 잔가시를 떼어내고 살만 발라낸다. 발라낸 멸치살을 칼로 잘게 다진다. 다져진 멸치살을 적당량의 된장, 고추장, 참기름, 다진 마늘, 다진 청양고추, 생강가루 등과 한데 섞는다. 마른멸치 우려낸 물을 여기에 넣고 프라이팬에 자글자글 볶는다. 여기에 취향에 따라 건홍합살 같은 걸 불려서 넣어도 좋다. 우렁이를 넣어서 만든 강된장보다 훨씬 감칠맛이 난다.

3. 슬라이스 감자부침과 계란말이

세상에는 인생을 정의하는 말들이 참 많다. 특히 문학적인 언술들은 아름답고 멋진 아포리즘으로 인생을 설명하곤 한다. 시인 이진명은 어떤 시에서 삶이란 가전제품의 가짓수가 늘어나는 것이라고 간명하게 말한 적 있다. 나는 그 말을 비틀어 기회가 있을 때마다 친한 사람들에게 이런 말을 하곤 했다. "인생은 말야, 먹어본 음식의 가짓수가 늘어나는 것과 같은 게 아닐까." 나는 내 말이 그리 틀리지 않다고 생각한다. 예를 들어 나만 해도 지금은 흔하게 먹을 수 있는 광어회나 우럭회를 처음 먹어본 것이 스무 살이 넘었을 때였다. 다시 말해 스무 살이 되기 전에 나는 광어회와 우럭회라는 음식과 무관했고 그것은 존재하지 않는 음식이나 마찬가지였다. 마찬가지로 지금도 내게는 먹어보지 못한 음식이 수없이 존재한다는 걸 안다. 이를테면 나는 아직도 터키 사람들이 즐겨 먹는다는 케밥을 먹어보지 못했고 수렵꾼들이 가끔 구워먹는다는 멧돼지 고기를 먹어보지 못했다. 그리고 언제쯤 그것을 맛보게 될지도 알 수 없다. 국내에서 구하는 것이 그리 어렵지 않은 음식인데도 불구하고 말이다. 그러므로 음식은 그러므로 삶의 경험의 폭, 개인의 기호와 일치한다고 볼 수 있다.

감자에 대한 이야기를 하려고 이런 전제를 한 것인데, 감자 같은 경우는 보통 우리나라에서 아이가 젖을 뗄 때 쌀을 대신해 탄수화물이 함유된 이유식으로 즐겨 선택된다고 한다. 그렇다면 대개 두 살 정도가 되면 어떤 형태로든 모두가 맛을 보게 된다는 얘기가 된다. 그만큼 감자는 너무나도 친근한 식재료라고 할 수 있다. 광어회나 우럭회가 내게 그랬던 것처럼 스무 살이 될 때까지 감자를 먹어보지 못한 사람이 혹시 있을까? 내 생각에는 아마도 없을 것이다.

이날의 술상에는 슬라이스 감자부침과 계란말이가 올려져 있다. 나는 저 두 가지 안주를 만들면서 콧노래를 흥얼거렸을지도 모른다. 어떤 메뉴의 경우에는 실패할까 두려워 조리 과정에서 만만찮은 부담감을 느낄 수도 있고 긴장을 늦추기도 힘들다. 하지만 어려서부터 자주 먹어본 음식, 그리고 언젠가부터 손수 만들어서 먹어본 메뉴의 경우에는 그런 부담이나 긴장이 없어서 조리 과정이 즐겁고 유쾌하기까지 하다. 내게는 감자부침과 계란말이가 그런 메뉴다.

감자와 계란은 일반 가정에서 가장 많이 그리고 빈번하게 소비되는 대표적인 식재료 중 하나다. 당연한 말이지만 수만 가지 식재료가 모두 예외 없이 가정에서 소비되는 것은 아니다. 예컨대 오징어나 명태 같은 수산물은 일반 가정집 주방에서 너무나 친숙하게 조리되는 재료이지만 같은 수산물이라고 해도 민어나 문어는 오징어와 명태에 비해 가정에서 소비되는 경우가 훨씬 적다. 철갑상어나 참다랑어는 또 어떤가. 철갑상어와 참다랑어를 가정에서 조리해서 먹는 사람이 있다면, 내가 그에게 기꺼이 경의를 표할 의사가 있다.

나는 감자와 계란을 참 좋아한다. 그래서 늘 냉장고 안에 구비해놓는 편이다. 감자와 계란이 떨어지려는 기미가 보이면 마음이 다소 불안해질 정도다. 감자와 계란은 소비가의 변동 폭이 크지 않은 것도 장점이다. 가지과에 속하는 대표적 구황작물로 안데스 산맥이 원산지인 감자에는 전분이 많이 들어 있다. 감자의 껍질을 벗기고 채로 썰거나 슬라이스로 썰어서 물에 담가놓으면 5분만 지나도 하얀 전분이 흘러나온다. 전분은 감자 전체에서 15~20퍼센트 정도를 차지한다. 그것을 말려 가루로 만들어놓으면 다양한 요리에 활용할 수 있다. 막 삶아서 껍질을 벗긴 감자는 고슬고슬한 맛이 나는데 그것도 전분 때문이다. 감자는 씹으면 씹을수록 특유의 고소한 맛이 나는데 다소 텁텁한 느낌도 있다. 그래서 나는 막걸리 같은 탁주보다는 소주와 맥주 같은 맑은 술을 마실 때 감자로 만든 안주를 자주 상에 올린다.

감자는 본질적으로 덩이줄기이므로 생장을 개시하면 꽃이 피지 않고 즉시 열리기 시작하는 데다, 열매처럼 다 익어야 수확이 가능하다는 개념이 없고 그냥 크기가 커지는 것이기 때문에 꼭 생장이 완료된 수확 철이 아니더라도 중간에 그때그때 채집해서 취식이 가능하다는 장점이 있다. 감자가 중요한 구황작물인 데는 이 점이 크게 작용한다. 우리 또래에게는 다들 공통된 기억이 있을 것이다. 어머니들이 그리 크지 않은, 그러니까 구슬 크기만한 감자를 껍질을 까지 않고 그대로 졸여서 도시락 반찬에 많이 싸주셨던 것을. 학교 급식이 존재하지 않던 시절의 일이다.

사진 속 혼술상에 올려져 있는 감자요리에는 내가 슬라이스 감자부침이라고 이름을 붙여보았다. 사실상 내가 개발한 요리다. 감자를 슬라이스로 썰어서 물에 5분 정도 담가서 전분을 뺀 다음 키친타월로 물기를 제거한 후 고추기름을 두른 프라이팬에 올려 노릇노릇하게 굽는다. 그런 다음 고추장과 고춧가루, 후추와 다진 마늘과 설탕을 베이스로 한 양념을 만들어서 감자 표면에 발라준 후 잘 뒤집어주면서 1~2분만 더 구워내면 된다. 시간이 초과하면 붉은 양념이 새카맣게 탈 수 있다.

조선시대에서 감자는 조선시대에 북쪽에서 유입되었다고 해서 초기에는 북저라고 불렀다. '감자'라는 단어는 중국식 표현인 감저甘藷에서 온 것으로 추정되고 있다. 처음에 감저는 감자와 고구마의 통칭으로도 쓰였으며, 이 흔적이 일부 방언에 남았다.

백과사전을 보니 고구마는 단감자, 사탕감자, 호감자, 왜감재, 양감재 등등으로 감자 앞에 접두어를 붙여서 표현했다고 한다. 보통 고구마가 먼저 들어왔다는 인식이 많지만 고구마는 영조 때, 감자는 숙종 때부터 들어온 것으로 추정되어 우리나라 사람들이 고구마보다는 감자를 먼저 먹었다는 것이 정설에 가깝다. 아직도 함경도나 황해도 지역에서는 고구마를 감자에 빗대어 표현한다. 제주도에서는 고구마를 감저, 감자를 지슬 혹은 지실이라고 부른다. 사투리가 희석됨에 따라 이들 지역에서는 연령이 낮아질수록 고구마, 감자로 대체되고 있다. 김동인의 유명한 소설 제목인 「감자」도 사실은 고구마를 의미한다고 한다.

감자의 성분을 보면, 수분 75퍼센트, 녹말 13~20퍼센트, 단백질 1.5~2.6퍼센트, 비타민C가 풍부하며 지방은 거의 없다. 그래서 다이어트 식품으로도 제격이다. 감자는 1에이커 당 생산 칼로리가 약 920만으로 옥수수750만, 쌀740만, 밀300만, 콩280만보다 높다. 게다가 단순히 단위면적당 칼로리만 높은 것이 아니고 일반적인 열량작물들을 키우기 힘든, 춥고 척박한 땅에서 잘 자라고 빠르게 수확할 수 있으니 그 가치는 더 말할 것도 없다. 과학자들은 이론상 화성에서 재배할 수 있는 첫 번째 작물로 감자를 꼽기도 한다.

내가 왜 이렇게 감자에 대해 상세히 얘길 하냐면, 감자는 충분히 이런 대접을 받을 만한 자격이 있는 식재료이기 때문이다. 간혹 우리는 못생긴 것을 비유적으로 감자 같다거나 호박 같다거나, 혹은 메주 같다고 놀리는데, 감자와 호박과 메주는 우리 일상의 식탁에서 없어서는 안 될 중요한 식재료를 넘어서 자산이라고 불러야 할 것들이다. 못생긴 것을 비유하는 말로 쓰인다는 것은 역설적으로 그것들이 그만큼 친근하기 때문일 것이다.

레시피 또는 연금술

• 감자슬라이스부침에 쓰는 감자는 전체적으로 둥글면서도 중간 크기의 감자가 적당하다. 먼저 통감자를 씻은 다음 껍질을 벗기고 두께 3~4mm로 슬라이스 형태로 썬다. 프라이팬에 식용유를 두르고 어느 정도 달궈지면 슬라이스로 썬 감자를 넣는다. 약불 상태를 유지하며 굽듯이 부친다. 양념장은 2인용 기준 다진 마늘(3개 정도), 잘게 썬 양파(양파 4/1), 고춧가루와 후춧가루(반 큰술), 생수(한 큰술) 고추장(반 큰술) 요리당(반 큰술) 등을 넣어 만든다. 프라이팬의 감자가 노릇노릇하게 구워지면 양념장을 감자 표면에 바르듯 올려주고 조금만 더 부친다. 젓가락으로 자주 뒤집어야 한다.

4. 두부김치

　두부김치. 술 좀 마시는 이들이라면 저절로 입맛이 다셔지는 대표적인 안주라고 할 수 있다. 술집에서 사 먹어도 좋지만 집에서 만들어 먹을 때도 조금도 부담이 없는 안주가 두부김치다. 레시피도 너무나 단순해서 '초간단 메뉴'에 속한다. 그리고 두부김치는 소주와도 어울리고 막걸리에도 참 잘 어울린다. 술을 다 마셨는데도 두부김치가 혹시 남게 되면 냄비에 넣고 양파와 파, 마늘 다진 걸 좀 넣고 물을 부어서 끓여주면 금세 훌륭한 김치찌개가 된다. 내가 어렸을 때 어머니가 내게 가장 자주 시킨 심부름이 슈퍼에 가서 두부를 사오라는 것이었다. 그 기억이 아주 또렷하다. 두부판에서 두부를 반듯하게 자르던 슈퍼마켓 아저씨의 날카로운 칼날과 두부가 담긴 검은 비닐봉지의 무게감이. 그 두부를 집으로 가져가면서 나는 곧 식탁에서 맛볼 엄마표 두부 요리를 상상해보곤 했다. 자, 일단 두부김치에 대한 이야기를 하기에 앞서 중국의 어떤 역사적인 에피소드 한 토막을 끄집어내려고 한다.

진독수, 이립삼 등과 더불어 초기 중국 공산당 운동을 이끌었던 이론가 중에 구추백이란 자가 있다. 한때는 최고위직인 총서기를 역임하기도 했다. 그는 공산당 운동을 하던 중 국민당 정부에 체포되어 총살형을 선고받게 되는데, 형 집행 직전 쓴 유서가 있다.

"자, 이제 어설픈 연기는 결말에 이르렀다. 무대는 텅비어 버렸다. 이제 떠나기 싫다 해도 무슨 소용이 있겠는가. 내가 택할 수 있는 길은 길고 긴 휴식이다. 내 몸이 어떻게 처리되든지 더 이상 알 바 없다. 안녕, 안녕, 이세상의 모든 아름다운 것들과의 영원한 이별이여! 고리키의 『클림 삼긴의 생애』, 투르게네프의 『루딘』, 톨스토이의 『안나 카레니나』, 루쉰의 『아Q정전』, 마오둔의 『동요』, 차오쉐친의 『홍루몽』. 이 책들은 읽을 만한 가치가 있다. 중국 두부는 세상에서 가장 맛있는 음식이다."

이 유서에서 내 눈길을 잡아 끈 것은 중국 두부에 대한 그의 예찬이다. 생애의 마지막 순간에 혁명을 꿈꾸던 그가 그리워했던 중국 두부. 이건 인간이 가질 수 있는 휴머니티의 절정일 것이다. 그 소박한 미각의 즐거움을 회상하는 사형수의 애틋함을 떠올릴 때마다 내 마음에도 어떤 연민과 동경의 무늬가 일렁인다. 나 역시 언젠가는 삶을 마치게 될 터인데, 몇 마디 유언을 남길 기회가 주어진다면, 구추백의 중국 두부 예찬에 빗대 이렇게 말하고 싶다.

"한국에 살면서 두부를 실컷 먹을 수 있어서 행복했노라"고. 그만큼 나도 두부를 사랑한다. 못해도 일주일에 두부 두세 모 정도씩은 기본적으로 먹을 것이다. 술안주로도 두부는, 내가 이 책에서 몇 차례 언급하게 될 돼지고기와 함께 최고의 식재료라고 나는 생각한다. 이것은 개인적인 경험이지만 두부를 안주로 술을 먹으면 그 다음날, 배변이나 배뇨도 훨씬 원활한 느낌이 들 정도다. 그만큼 소화도 잘 되고 체내 흡수도 용이한 식품이 두부인 것이다. 어쩌면 신은 술꾼을 위해 먼저 술을 만들었

고, 그 다음에 두부를 만드신 것인지도 모른다.

백과사전을 찾아보니 일반 모두부가 함유하고 있는 열량은 100그램당 79칼로리, 순두부는 47칼로리 정도라고 한다. 순두부가 모두부보다 수분 함량이 더 높기 때문에 열량은 더 낮다는 것이다. 원료가 단백질이 풍부한 식물인 콩이기 때문에, 양질의 식물성 단백질이 풍부하고 소화흡수율이 높다. 콩의 단백질을 가장 건강하고 효과적으로 섭취하는 방법은 두부라고 해도 과언은 아니다.

두부의 단백질은 당연히 식물성 단백질인데, 텝타이드 성분과 리놀산 성분을 풍부하게 함유하고 있다. 텝타이드 성분은 혈압 억제에 도움을 주고, 리놀산 성분은 콜레스테롤 수치를 낮게 해주어서 혈관질환을 예방하고 또 치료하는 데에도 도움이 된다. 콩보다 흡수율이 높아 소화가 잘 되고 칼로리도 낮고 단백질이 풍부해서 다이어트 식품으로도 많이 이용된다.

정말이지 두부에 대한 장점을 찾으면 끝이 없어 숨이 찰 정도다. 내 개인적인 얘길 해서 좀 그렇지만 나는 표준 체중을 오랫동안 유지하고 있는데 이것도 두부를 즐겨 먹는 식습관과 관련이 있을 거라고 믿고 있다. 보통

술을 즐기는 사람들은 과체중인 경우가 많은데 나는 참
운이 좋은 편이다.

또한 두부 단백질에는 두피에 좋은 케라틴이 함유되
어 있어 탈모 예방에도 도움이 된다. 그리고 두부에는 신
경세포 생성에 도움이 되는 레시틴 성분이 있어, 뇌 건강
에도 도움이 된다고 한다. 예전에 사찰요리 강습을 다닌
적 있는데, 육식을 금하는 사찰에서는 단백질이 풍부한
콩을 고기 대용으로 쓰기 위해 다양한 메뉴를 개발한다
고 한다. 콩을 갈아서 밀가루와 잘 배합하면 고기와 비슷
한 질감을 낸다는 것이다. 우리가 명절에 주로 만드는 동
그랑땡에 고기와 함께 두부를 쓰는 것도 이와 비슷한 이
유에서일 것이다. 두부는 만두나 완자 등에 넣기도 하며,
한국 전통 요리 중에는 두부와 다진 고기를 섞어 함박 스
테이크처럼 부처 먹는 '섭산적'이라는 요리가 있다. 다진
닭고기와 으깬 두부를 넣어 찜통에 찐 두부선이라는 요
리도 있다.

두부김치란 단순히 말하면 이런 다양한 매력을 가진
두부에 김치를 곁들이는 것이다. 예전에 나는 아버지와

작은아버지가 두부에 생김치를 얹어서 술안주로 드시는 걸 본 적이 있다. 어렸을 때 우리 집에서 거실과 방을 늘리는 공사를 한 적이 있는데, 그때도 어머니가 인부 아저씨들에게 막걸리와 함께 두부와 생김치를 간식으로 내놓으셨다. 그렇다면 왜 두부에 김치를 곁들이는 것일까. 그 자체로는 다소 담백하고 심심한 두부에 매콤달콤한 볶은 김치를 얹으면 그 조화로운 맛은 어떤 필설로도 정확하게 표현하기 힘들 것이다. 김치는 영양 면에서도 매우 우수한 식품이다. 김치의 주재료인 배추, 무, 열무, 갓, 고추, 파, 마늘, 생강 등에는 많은 양의 항산화 비타민인 비타민 A, C와 무기질, 섬유질이 함유되어 있기 때문에 각종 비타민이 풍부하다. 또한 김치는 발효 과정을 거쳐 맛있게 익게 되면 비타민C가 많아지고 고추, 무청, 파, 갓, 열무 등의 녹황색 채소가 많이 섞이면 비타민A 카로틴이 많아진다. 또한 김치가 발효되어 생기는 유산균젖산균은 발효 과정에서 장내 유용 미생물의 증식에도 도움이 되며 대장암 예방에도 좋으며 또한 발효식품이 주는 고유한 풍미로 식사에 즐거움을 더해준다. 두부김치라는, 참으로 단순한 조합의 메뉴가 이토록 풍요로운 영양학의 보고를 이루게 되는 것이다.

레시피 또는 연금술

• 당연한 말이지만 적당히 잘 익은, 두부김치에 최적화된 김치가 필요하다. 덜 익은 김치도 너무 익은 김치도 두부김치에는 어울리지 않는다. 숨이 너무 살아 있으면 김치 특유의 구수한 맛이 나지 않고 숨이 너무 죽어 있으면 신맛이 제어가 되지 않는다. 적당히 익은 김치를 프라이팬에 넣고 식용유와 함께 중불로 살살 저어가며 볶는다, 단맛을 가미하고 싶으면 양파를 썰어 넣어도 좋다. 양조간장 반 큰술, 올리고당을 반 큰술을 넣는다. 중불로 2분 정도 볶다가 약불 상태에서 프라이팬 뚜껑을 닫아준다. 그럼 수분이 발생하면서 김치의 숨을 살짝 죽여준다. 두부는 반모를 썰어 통째로 물과 함께 끓인다. 물이 끓고 30초 정도 지나면 꺼내서 먹기 좋은 크기로 썬다. .

5. 오징어볶음과 오징어국

　삶에서 진실은 언제나 지지의 대상이 되어야 한다. 하지만 모든 진실이 사람을 기쁘게 하지는 않는다. 어떤 진실은 사람들을 슬프게 하고 그들의 기분을 망치기도 한다. 이를테면, 당신은 얼마든지 혼술상을 차려서 TV 앞에 앉아 코미디 프로그램을 보다가 드물게 나오는 웃긴 장면에서 큭큭 웃음을 터뜨릴 수 있다. 그런데 방송이 끝나고 TV를 껐을 때, 당신이 있는 공간을 채웠던 것이 당신의 웃음소리뿐이었다는 걸 알아차린다면, 또는 당신만을 위해 기울인 술병과 잔이 부딪히는 소리뿐이었다는 걸 깨닫게 된다면, 그 낯설고 서늘한 이해와 더불어 당신

가슴 한구석이 살짝 내려앉을지도 모른다. 당신은 무척이나 외로운 것이니까. 그것이 진실이니까. 당신은 그 순간 아무도 마음에 들이지 않은, 그러니까 아무도 사랑하지 않은 잘못을 저지르고 있는 것이다. 그 혼술상이 알려주는 서늘한 자각이라니.

웃음소리든 술병과 술잔이 부딪히는 소리든 당신이 낸 소리를 당신 혼자 듣고 마음에 들이는 것, 혹은 마음이 써지는 것, 그것은 몹시 슬픈 모험에 속하는 것이다. 그때 혼술은 고독을 낭만적으로 바꿔주는 것이 아니라, 고독 자체를 남루하게 형상화한다. 형상화라는 말이 아니고서는 이 사태를 설명할 방법이 없다.

이를테면 나는 '혼술은 낭만적인 것이 아니다'라고 말할 수 있다. 이 진술은 진실일 수도 있고 아닐 수도 있다. 혼술이 낭만적이 아니라는 사실, 그러니까 외로운 자가 단지 궁상을 떠는 일일 수도 있다는 엄혹한 현실을 받아들이고 그것을 자각하면서 고통을 느끼는 것 또한 다른 형태의 낭만일 수 있기 때문이다. 내가 분명히 말하고 싶은 것은 혼술은 타인이 금할 수도 없지만 권할 수도 없는 것이어야 한다는 사실이다. 혼술은 그 누구라도 자신

의 필요에 따라서 선택될 수 있다. 혼술을 통해 얻고 싶은 것이 무엇이든, 혼술의 시간은 낯선 각성과 인사이트의 기회를 안겨줄 것이라고 나는 생각한다.

대부분의 사람들은 술을 마실 때 자기 앞에 자신의 지인이나 친구, 애인이나 동료가 앉아 있는 것을 지극히 자연스러운 일로 받아들였을 것이다. 하지만 그것이야말로 상당히 인위적인 일이다. 그런 술자리가 만들어지기 위해서는 일단 그 술자리에 모이는 사람들이 한데 모여서 술을 마시자는 데 사전에 동의를 해야 하고, 일일이 일정과 시간을 체크해서 정하는 과정을 거쳐야 하기 때문이다. 어떻게 이런 간단치 않은 과정이 인위적인 일이 아니라고 할 수 있는가. 이에 비하면 차라리 혼술이 훨씬 자연스러운 일에 속한다. 그런데 어쩌다가 혼술은 예외적 관습이 되었단 말인가.

오징어는 어찌 보면 참 우스꽝스럽게 생긴 바다 생물이다. 그래서 그런지 오징어를 안주로든 음식으로든 대하고 있으면 기분이 유쾌해지는 경험을 한다. 한국의 전통 혼례에서 신부집에 함을 들이는 함잡이가 오징어로 가면을 만들어 쓰는 것도 참 정겹고 우습다. 반대로 유럽 사람들은 오징어를 혐오스럽게 생긴 생물로 인식하는 경향이 짙다고 한다. 아무려나 가공되기 이전의 동물성 식재료의 원형태가 사람의 심리에 충분히 영향을 미칠 수 있음을 나는 오징어를 통해 직접 확인했다. 그래서 다소 우울한 날 혼술상을 차릴 때는 일부러 오징어를 택한 적도 있다.

설화에 따르면 오징어는 마치 시체처럼 수면에 이리저리 떠다니다가, 까마귀가 쪼아 먹으러 오면 바닷속으로 끌고 들어가 먹는다고 한다. 그래서 오징어의 어원 중 '오적어烏賊魚'라는 어원이 있다고.

영양원으로서 오징어는 소화 흡수가 좋은 고급 단백질 공급원 중 하나이며, 비타민E, 타우린, 아연, DHA, EPA를 풍부하게 함유하여 성장기 아동, 학생이나 두뇌노동자에게 매우 좋은 음식이다. 오징어회는 회를 처음 먹는 사람들에게 권해주기 좋은 요리로, 쫄깃쫄깃하며 초고추장에 무쳐 씹어 먹으면 담백한 맛이 난다. 하지만 딱히 어떤 맛이라는 느낌이 없기에 회를 많이 먹어본 사람은 오징어회를 꺼려 하기도 한다. 하지만 특유의 쫄깃한 식감과 담백한 맛 덕에 회를 좋아하는 사람 중에도 오징어회를 특별히 좋아하는 사람도 있다. 그런데 문제는 오징어 수확량이 급감하면서 오징어가 매우 귀하고 비싼 음식이 되었다는 것이다. 예컨대 오징어회의 경우, 횟집에서 광어회나 우럭회 등을 주문하면 '서비스'로 나올 정도로 흔하디 흔한 것이었다. 그런데 지금은 생물 오징어를 횟집에서조차 구경하기 어려울 정도여서 오징어회 한 접시에 2만원 이상을 주어야 먹을 수 있다.

식재료로서 오징어의 장점을 꼽으라면 뼈나 가시가 없고 내장을 분리하는 것도 매우 용이하다는 것이다. 그렇기 때문에 당연히 조리하는 것이 쉽고 섭식을 하기도 쉽다. 노인이나 어린이 모두 쉽게 먹을 수 있다. 또한 이러한 오징어의 형태적 특징 덕에 통으로 삶거나 굽거나 해서 통짜로 먹을 수 있다는 장점도 있다. 통오징어찜이나 오징어순대 같은 것이 통째로 요리하는 대표적인 사례일 것이다. 오징어는 단백질을 풍부하게 함유하고 있어서 근육질 몸매를 만드는 사람들이 즐겨 먹는 음식으로 알려져 있는데 닭가슴살보다도 효과가 더 좋다고 얘기하는 사람들도 있다. 오징어가 함유하고 있는 또 다른 대표 영양소 타우린이 운동 후 피로감을 해소하는 게 도움이 되기 때문이다. 당분 성분도 낮아 당뇨병이 있는 사람에게도 좋다.

사람들은 주로 흰 살을 많이 먹지만, 몸통 내부의 내장도 식재료로 활용할 수 있다. 예전부터 오징어 내장으로 국을 끓이거나 젓갈로 만들어 먹었는데 오징어를 생물로 접하기 쉽고 많이 잡히기도 하는 울릉도 등지에서 오징어 내장을 이용한 가정 요리가 잘 발달되어 있다. 생물오징어를 접하기 쉬워진 오늘날에는 주로 오징어 통찜을 통해 내장을 맛볼 수 있다. 나는 개인적으로 오징어 내장에는 호감을 갖고 있지 않다. 오징어 내장에는 기생충이 많으므로 절대로 생으로 먹어서는 안 된다는 전문가의 조언도 있다. 또한 오징어를 비롯한 두족류는 '정포'라고 하는 특별한 생식 기관을 갖고 있는데, 이것을 제거하지 않으면 섭식 중 입 속에 박힐 수도 있다. 그럼 매우 아프다. 음식을 먹는데 아파야 할 이유는 없을 것이다.

레시피 또는 연금술

• 오징어 요리는 손질이 제일 중요하다. 보통 오징어를 어물전에서 사게 되면 판매원들이 구매자가 원하는 상태로 오징어를 다듬어준다. 몸통을 갈라 내장을 빼주는 것이다. 그런데 대형마트에서 통오징어를 사오게 되면 내장을 빼는 수고를 직접 해야만 한다. 내장을 제거하기만 하면 그 다음부터는 쉽다. 오징어국용 오징어는 껍질을 벗기지 않는 게 좋다. 오징어국 특유의 붉은빛을 내면서 타우린을 섭취할 수 있기 때문이다. 오징어를 먹기 좋은 크기로 몸통 기준 횡으로 썬다. 무를 어슷썰기로 넣는다. 청양고추와 양파를 썬다. 다진 마늘을 준비한다. 양조간장과 고춧가루를 넣는다. 오징어를 제외한 이 모든 것을 깨끗한 생수에 넣어 끓인다. 물이 끓고 3~4분 정도 지나면 오징어를 넣는다.

• 오징어볶음 역시 오징어를 같은 방식으로 손질한 다음, 양파, 청양고추, 애호박 등을 가미한 후 프라이팬에 볶다가 고추장, 고춧가루, 다진마늘, 양조간장, 맛술, 올리고당(매실액기스) 등으로 만든 양념을 넣고 1분 정도만 더 볶아주면 매콤하면서도 식감이 살아 있는 오징어볶음이 된다.

6. 김치전과 온센타마고

　집에서 차리는 '혼술상'은 만만찮은 '공력'이 들어가는 일이어서 어떤 면에서 매우 성가시고 귀찮은 일일 수 있다. 일단 자신이 직접 수고하여 술상을 차려야 하는 현실적인 문제가 발생하기 때문이다. 맛있는 안주와 향기로운 술이 차려진 혼술상이 상상하는 것만으로 하늘에서 뚝 떨어지면 좋겠다만 그런 일은 일어나지 않는다. 다 그런 건 아니겠지만 보통의 남자들은 자신이 술상을 차리기보다는 다른 사람이 차린 술상을 받는 것에 더 익숙하다. 술집이나 식당에서 많은 이들이 그렇게 남이 차린 술상을 받고 비용을 치른다. 애처가라면 집에서 아내가 차려주는 정성 가득한 술상을 받는 행운을 누릴 수도 있을 테지만 몇 명이나 그런 호사를 누리겠는가.

술상을 차리는 것이 익숙하지 않은 사람, 또는 집에서 혼술상을 차릴 수 있는 조건이나 환경을 가지지 못한 이에게 혼술은 생각과는 달리 지극히 요원한 로망일 수도 있다. 이를테면 집에 노부모를 모시고 사는 사람이라든지 엄처를 공경해야만 밥이라도 먹고 살 수 있는 남자들은 집에서 혼술상을 차리는 것은 상당한 모험에 해당할 것이다. 실제로 내 지인 중에는, 원할 때마다 혼술상을 차리면서 혼술을 즐기는 나에게 부러움을 토로한 이들이 적지 않다.

혼술과 관련해서 나에겐 지론이 하나 있는데, 혼술은 단순히 혼자 술을 마시는 행위를 넘어선다는 것이다. 내가 인정하는 혼술은 술을 마시는 사람이 자신의 술상을 반드시 직접 차려야 한다는 전제가 필요하다. 다시 말해 다른 사람이 차려준 술을 혼자서 마시는 것을 나는 혼술로 인정할 수 없다는 거다. 진정한 혼술에는 자기 자신의 수고로움과 노고가 필수적으로 스며 있어야 한다. 거

저 주어지는 술상을 탐닉하는 것은 감각적으로 도락道樂을 소비하는 것과 크게 다를 게 없다. 하지만 자신이 직접 음식을 만들어 올리고 술을 구해서 차린 술상을 음미하는 것은, 자신의 행위와 노동에 대한 자의식의 섬세한 성찰이나 자족이 따라붙는다. 그것이 있을 때 혼술은 깊고 그윽해지는 것이다.

혹시, 처음 혼술상을 직접 차려보려는 사람이 있다면, 나는 그에게 손이 많이 가지 않는, 단순한 안주부터 만들어보라고 권하고 싶다. 계란프라이도 좋고 스팸구이 같은 것도 좋다. 아니 조리된 채 판매하는 통조림 같은 것도 좋다. 김치전이나 파전 같은 부침개도 혼술에 입문하는 사람들이 부담 없이 쉽게 준비할 수 있는 난이도가 낮은 음식이다. 한국에서 나고 자란 사람치고 김치전을 안 먹어본 사람은 없을 것이다. 김치라는 내용물과 '전'이라는 형식이 모두 너무나도 보편적인 한식의 구성요소이기 때문이다. 나도 아주 어려서부터 어머니가 부쳐주는 김치전을 먹고는 했는데, 우리 때는 김치전, 호박전, 부추전 같은 것이 매우 요긴한 간식이었다. 지금은 아마도 피자나 쿠키, 케이크 같은 것이 어린아이들의 간식으로 대체

되었을 것이지만.

김치전을 맛있게 만들기 위해서는, 두부김치를 만들 때와 마찬가지로 김치전에 맞는 김치를 잘 고르는 것이 가장 중요하다. 당연히 갓 담근 김치나 양념이 진한 보쌈 김치 같은 걸 쓰면 안 되고 냉장고 구석에서 폭 삭아가는 익은 김치일수록 맛이 뛰어나다. 즉 김치 자체로는 다소 짜고 신 상태가 최상이라 할 수 있겠다. 이런 경우에는 추가로 간을 하는 번거로움도 덜 수 있다. 술상에 올리는 김치전은 안주로 먹는 과정이 용이해야 하기 때문에 김 치를 적당한 크기로 잘라서 반죽해야 한다. 물론 여기에 는 개인 취향이 반영될 텐데 김치를 자르지 않고 길쭉하 게 부치게 되면 먹을 때 일일이 찢어야 하는 번거로움이 발생한다. 손에 기름도 묻고 그걸 또 닦아내고 이러다 보 면 혼술의 맑은 질서가 흐려질 수 있다. 혼술에도 나름의 내재적인 질서가 중요하다.

취향 차이가 있을 수는 있으나 반죽이 너무 묽으면 조 리에 어려움이 있다. 김치도 어느 정도 김칫국물을 머금 고 있으므로 반죽에 물을 많이 넣으면 수분이 증가해 반죽이 묽어진다. 김치를 사전에 짜서 김칫국물을 빼는 것이 중요하다. 취향에 따라 반죽을 묽게 해서 조리하든 진하게 해서 조리하든 차이가 있을 수 있으나 김칫국물을 어느 정도 빼두는 건 반드시 거쳐야 할 기본 과정이다. 반죽이 묽어야 전이 더욱 바삭해진다는 사람도 있으나 그걸 실현하기 위해서는 프라이팬의 온도라든가 기름의 양이라든가 불 조절 같은 것을 섬세하게 신경 써야 한다. 일반적인 쉬운 방법으로 바삭함을 유지하기 위해서는 반죽을 묽게 하는 걸 피하는 것이 좋다. 김치전에는 취향을 곁들여 풋고추나 청양고추, 호박, 부추 등을 가미해도 좋다. 풍미가 훨씬 풍부해지고 영양도 보충할 수 있다. 그런데 주재료인 김치보다 부재료가 더 많이 들어가서는 안 된다. 김치전의 생명은 김치전 특유의 시큼하면서도 구수한 맛이니까.

　술상에 김치전과 함께 올라온 온센타마고일본어: 溫泉卵, おんせんたまご온천 달걀은 일본의 요리로, 노른자 부분은 반숙, 흰자 부분은 반 응고 상태에 가까운 삶은 달걀이다. 온천의 물이나 증기를 이용하여 삶거나 쪄서 만드는데, 온천물에 찐 달걀을 반숙 여부에 관계 없이 보편적으로 온센타마고라 불리기도 한다.

　온센타마고는 노른자보다 흰자가 부드러운 상태인 것이 특징이다. 백과사전을 찾아보니 이는 노른자가 응고하는 온도70℃가 흰자가 응고하는 온도80℃보다 낮은 성질을 이용해 만들어진 것으로, 65~68℃의 뜨거운 물에 30분 정도 담가두면 이 같은 상태가 된다고 한다. 노른자를 덜 익혀 부드럽게 하고 달걀 흰자를 다 익힌 것을 반숙 달걀이라 부르는데 이것은 철저히 시간의 문제다. 물이 끓고 7분만 더 익히면 반숙이 된다. 온천수의 온도가 7~80℃에 근접하다면 온천수에 담가 두는 것만으로 온센타마고를 만들 수 있기 때문에, 일본에서는 온천 여관 등에서 손님의 식탁에 올리는 경우가 많다. 그러니까 온센타마고는 온천이 있는 지역의 풍속 요리인 셈이다. 나는 연남동의 일식집에서 온센타마고를 처음 먹어보고 이 음식에 매료됐다. 밥 위에 온센타마고를 얹어서 양념게 장이나 날치 알 등과 비벼먹어도 맛이 일품이다. 온센타마고는 날달걀과 삶은 달걀, 구운 달걀 등에 비해 소화 흡수에 뛰어난 것으로 알고 있다. 온천 지역의 풍속 음식인 온센타마고를 집에서 만들어 먹기는 사실 간단한

일이 아니다. 나 역시 호기심에 그냥 흉내를 내봤을 뿐
이다.

레시피 또는 연금술

• 김치전에 들어가는 김치는 개인의 취향에 따라 조금씩 다르기는 하지만 나는 어느 정도 익은 것을 선호한다. 그리고 청양고추나 호박을 가미해도 좋다. 다만 김치전에서는 김치가 시그니처가 되어야 하므로 너무 많은 양을 넣어 김치전의 특유의 맛이 희석되어서는 안 된다. 반죽은 너무 묽어서도 안 되고 너무 되서도 안 된다. 김치전 반죽의 간은 김치에 들어 있는 국물로 하는 게 가장 좋다. 경우에 따라서 양조 간장을 한 큰술 정도 넣어도 감칠맛이 난다. 사람마다 바삭하게 익힌 부위를 좋아하는 사람도 있고 부드럽게 익은 부위를 좋아하는 이도 있는데 불 조절을 통해 취향대로 부치는 게 좋다. 사실 시중의 전집에서 파는 김치전은 피자처럼 너무 되고 뻣뻣한 느낌을 준다. 김치에 비해서 밀가루의 양을 많이 쓰기 때문이다. 모든 전에서 밀가루의 역할은 그것이 김치든, 호박이든, 부추든 내용물을 어느 정도 모아 주는 데 그쳐야 한다. 일반적인 음식이 다 그렇지만 김치전에도 왕도 같은 게 없다. 모든 집마다 그리고 개인마다 저마다의 김치전이 존재할 뿐이다.

7. 소시지야채볶음

모든 사람에게 '첫 경험'은 상당히 중요한 의미를 갖는다. 원했든 원하지 않았든 기억의 인화지에 깊은 음화를 남기면서 이후의 삶에 지속적인 영감을 주기 때문이다. 술의 첫 경험을 나는 잊을 수가 없는데, 나중에 돌이켜보았을 때 모종의 문학적인 분위기에서 이루어졌다는 것이 상당히 의미심장하게 다가왔다. 나는 지금도 술을 마실 때마다 내 음주 행위의 의미를 문학적인 모티프와 연결하고 있기 때문이다.

내가 처음으로 술을 마신 건 열일곱 살 때다. 이르다

면 이를 수 있는 나이인데, 나는 고1이었고 당연히 미성년이었다. 그런데 그 시절에 질풍노도의 10대들은 어른들 몰래 술추렴이란 걸 종종 했고, 어른들 역시 과하지만 않으면 그런 작은 일탈을 눈감아주었다. 지금과는 달리 당시 내 또래들은 성장기의 목 타는 갈증을 해소할 대안이 많지 않았다. 지금처럼 유튜브가 있기를 했나, 아니면 인스타그램이 있었나, 온라인 게임이 있었나. 자연스레 술이 유력한 대안이었다. 어떤 친구는 수업 시간 신변을 발표하는 자리에서 집에서 아버지가 따라주는 술을 마셨다고 공개적으로 자랑하기까지 했고 선생님도 아버지로부터 주도를 배우는 건 상당히 바람직한 일이라고 평가를 해서 속으로 조금 놀랐던 기억이 있다. 이처럼, 적어도 1980년대까지는 우리 사회과 술에 대해 상당히 관대한 문화를 가지고 있었다.

고등학생이 된 나는 그 학교에서 제법 전통을 자랑하는 문예반에 가입을 했다. 그것은 자연스레 나의 문학적 지향에 따른 것이었다. 그리고 그 해 봄날의 어느 토요일, 학교에서 합평회를 마치고 문예반 선배들이 종이컵에 따라준 소주를 멋도 모르고 마신 것이다. 많이 마시지

는 않고 두 잔인가 세 잔인가를 마셨을 것이다. 그때 술을 따라주면서 어떤 선배가, 그래봐야 나보다 두 살 정도 많은 선배가 이런 말을 했던 기억이 있다. "술은 시의 영혼을 가열하는 뜨거운 물이야." 무언가 어린 마음에 그 말이 너무 멋있게 느껴져서 술을 받는 내 손은 싱그럽고 설렜다. 그런데 아, 그 견딜 수 없는 소주의 쓴맛이라니. 이런 걸 어른들은 도대체 무엇 때문에 마신다는 말인가. 그런 생각이 드는 것도 잠시, 곧 몸이 새털처럼 가벼워지면서 구름 위에 올라타기라도 한 듯 해사한 기분이 드는 것이었다. 그러면서 나도 모르게 자꾸 웃음이 나오는 것이었다. 그런 기분은 난생처음 느끼는 것이었는데, 정말 내가 마법에라도 걸린 듯한 느낌이었다. 아, 이것인가. 이런 기분 때문에 술을 마시는 것인가. 그런데, 왜 어떤 사람들은 술에 취하면 소리를 지르고 울기도 한단 말인가. 이렇게 기분이 좋은데.

그러고서는 꿈꾸듯 춤추듯 살랑거리는 기분을 주체하지 못하며 집으로 돌아오는 길에서 중학교 동창을 만났는데, 내 얼굴이 조금 붉고 표정이 다르다는 것이다. 그러면서 묻는 말이, "너 혹시 술 마셨어?" 나는 즉각적으로 대답했다. "응 마셨지. 시의 영혼을 가열하는 신비로운 물을 마셨지. 그래서 나는 지금 황홀경에 빠졌어." 그날 내 말을 고개를 갸우뚱하며 듣던 친구의 표정, 그 하굣길의 정취, 봄볕, 바람, 냄새 등이 하나하나 손에 잡힐 듯이 바투 기억나는 걸 보면 술의 첫 경험이 내가 안겨준 인상은 매우 강렬한 것임을 알 수 있다.

만약 내가 술을 처음 마신 것이 고등학교 문예반이 아니라, 종종 사고를 치고 문제를 일으키는 악동 친구의 자취방이었다거나 불량한 서클의 아지트였다면 술이 내 인생에 개입하는 성격이 지금과는 많이 달라졌을지도 모른다. 하지만 나는 다행히 '문예반'에서 문학적인 분위기, 다소 초월적인 분위기 속에서 첫 술잔을 받아 마셨다. 그리고 그 첫 경험의 기운과 영감이 지금까지도 나를 지배해 나는 여전히 술잔 속에 문학적인 진실을 담고자 노력한다.

오늘은 소시지야채볶음을 만들어 혼술상에 올렸다. 대학진학을 염두에 둔 고등학생이라면 누구나 대학입시를 치르는 날, 마지막 과목을 마치고 입시장을 나서면서 해방감을 느끼기 마련이다. 이때부터 이들에게는 암

묵적으로 용인되었던 일탈이 공식적으로 허용되기도 한다. 아직 졸업을 하지도 않았고 법적으로 성년이 되지도 않았지만 성년 전야의 들뜬 설렘이 가슴속에서 두방망이질처럼 출렁이던 그 기분을 나는 지금도 잊지 못한다. 대학입시를 치르고 나서 고등학교 졸업과 대학 입학에 이르는 서너 날 동안 나는 해방감을 만끽했는데, 그것은 주로 성인용 소설 탐독과 생맥주 탐닉으로 이어졌다. 특히 그 즈음 친구들과 함께 우르르 몰려갔던 호프집에서 처음 맛본 생맥주 맛은 정말 신세계가 아닐 수 없었다. 그때 생맥주와 함께 나온 안주가 소시지야채볶음이었다. 소시지는 우리 세대에게는 고급한 식재료에 속하는 것이었다. 어머니들이 아침마다 정성껏 싸주시는 도시락 반찬 중에 아이들에게 가장 인기 있는 것이 바로 소시지였다. 한 친구의 도시락 반찬에 그날 소시지가 있으면 아이들의 젓가락과 포크 세례를 피할 길이 없을 정도였다. 그때는 소시지가 귀한 대접을 받는, 결코 저렴하지 않은 식재료였지만, 고기는 물론 육가공 식품이 흔해진 요즘도 술꾼들이 소시지야채볶음 같은 안주를 즐겨 찾는 이유는 아마도 여유롭지 않았던 시절의 향수도 한몫하기 때문일 것이다.

사전적 의미를 인용하면 소시지sausage는 일반적으로 돼지고기, 소고기, 양고기 등, 다진 고기에 소금과 허브, 돼지기름 따위의 조미료와 향신료를 첨가하고 외피에 싸서 일정 기간 동안 숙성시켰다가 끓는 물에 삶아 먹거나 불에 구워 먹는 음식을 가리킨다. 백과사전에는 영어 소시지의 어원이 프랑스어 '소시스saucisse'인데 이 단어는 '소금에 절인다'는 라틴어 '살수스salsus'에서 비롯되었다고 소개되어 있다.

사실 소시지 제조 방식은 인류 역사에서 매우 오래된 음식 보존 기술로, 과거 도축업자들이 내장과 머릿고기, 고기를 가공하고 남은 부산물 등을 처리하기 위해 자연스럽게 고안한 것이었다. 과거 육류 공급이 안정적이지 않아서 가난한 이들이 고기를 제대로 먹기 힘들었던 시절에 살코기 대용으로 먹었던 음식이 소시지였다. 요즘 수제 소시지나 공장에서 대량으로 만드는 소시지는 과거처럼 지방과 내장 등의 부산물을 쓰지 않고 살코기를 주재료로 쓰고 있다.

기원전 9세기에 쓰였다고 알려진 호메로스의 『오디

세이아』에는 놀랍게도 소시지가 언급되어 있다. 그 책에 병사들이 피와 섞은 고기반죽을 만들어 창자에 채운 것을 큰 불 앞에서 돌리고 먹었다고 하는 기록이 있는 것. 기원전 5세기에서도 키프로스 섬 내의 도시인 살라미스 Salamis에서 소시지를 만들었다는 이야기가 있으며, 이탈리아의 건조 소시지인 살라미가 이 도시에서 따온 이름이라는 설이 있다. 이후 그리스 · 로마 시대를 거치면서 유럽 남부 전역에 고루 퍼지게 되었고 그 결과 당대의 문학 작품에서도 소시지에 관한 기록이 보인다고 한다. 그러고 보면 음식만큼 인간의 역사를 가장 감각적으로 그리고 적나라하게 보증하는 것도 없는 것 같다. 말하면 모든 음식은 살아 있는 유물인 셈이다.

레시피 또는 연금술

• 소시지야채볶음을 폄훼할 생각은 전혀 없지만 어떤 의미에서는 소시지야채볶음은 요리라고 할 수 없다. 왜냐하면 완벽하게 가공된 식재료인 소시지와 또 완전한 구조적, 영양학적 형태를 갖춘 야채를 한데 섞어서 프라이팬에 열을 가해 볶는 것이 전부이기 때문이다. 소시지에 칼집을 낸 다음 프라이팬에 넣고 야채도 취향에 따라 양파, 파프리카, 아스파라거스, 당근 등을 먹기 좋은 크기로 썰어 한데 넣는다. 그리고 올리브유를 넣고 중불로 볶는다. 소시지가 노릇노릇해질 때즈음 준비한 소스를 넣어주는데, 소스에는 토마토케첩과 토마토페이스트리를 한데 섞고 여기에 파슬리나 바질 같은 걸 가미해주면 향취가 아주 좋다.

8. 꼬막무침과 콜라비

사람마다 좋아하는 술은 다 다를 것이다. 어떤 사람은 맑은 술을 좋아하고 어떤 사람은 탁한 술을 좋아한다. 어떤 사람은 독한 술을 좋아하고 어떤 사람은 알코올 도수가 낮은 술을 즐긴다. 소주를 좋아하는 사람도 다 같은 건 아니어서 브랜드마다 특별히 애호하는 게 있다. 맥주와 막걸리도 마찬가지다. 내가 술을 마시면서 느낀 것 중에 기특한 사실이 하나 있는데, 술을 즐겨 마시는 사람들, 그러니까 술꾼이라고 불리는 사람들은 자기가 좋아하는 술을 남에게 강권하지 않는다는 점이다. 그러니까 소주를 좋아하는 사람이 맥주를 좋아하는 사람에게 '당신은 왜 소주를 좋아하지 않고 맥주를 좋아하느냐'고 시비를 걸지 않는다는 것이다. 막걸리를 좋아하는 사람이 와인을 좋아하는 사람에 대해서도 마찬가지다. 나는 어디서도 그런 것을 한 번도 본 적이 없다.

한국 사람들은 호불호에 대한 동류의식과 결집력이 강해서 종종 호불호의 대상이나 그것을 선택하는 기준에 따라 시비가 생기고 다툼이 벌어지기도 한다. 특히 좋아하는 음악이나 영화, 옹호하는 정견에 따라서 격렬한 논쟁이 발생하기도 한다. 그런데 술에 관한 한 그런 일은 생기지 않는다. 이게 참 기특하게 느껴졌던 것인데, 술이 베푸는 은근하고 넉넉한 도라는 게 바로 이런 게 아닐까 하는 생각이 드는 것이다. 사람은 제각기 자기가 좋아하는 술을, 자기 주량만큼 마시면서, 자신이 원하는 희열에 도달할 수 있다. 아, 이 자유로움이라니.

내가 좋아하는 술은 단연 소주다. 일단 비용에 대한 부담이 없고 비교적 빨리, 내가 원하는 만큼의 취기에 젖을 수 있게 해주기 때문이다. 소주의 가장 크나큰 장점은 공급의 용이함이라고 할 수 있다. 아무리 향기로운 와인

을 좋아해도 자신이 그것을 마시고 싶을 때 당장 구할 수 없다면 무슨 소용이겠는가. 그런데 소주는, 웬만한 도시에 사는 술꾼이라면 24시간 아무 때나 어렵지 않게 구할 수 있다. 밤새 환한 불을 켜놓는 편의점에 가면 냉장고에 소주가 가득 들어 있기 때문이다. 맥주도 마찬가지다.

대부분의 경우, 나는 소주를 그대로 마시지만, 가끔은 오렌지주스나 포도주스도 섞고, 맥주를 섞기도 한다. 이처럼 응용할 수 있다는 것도 소주가 가진 빼놓을 수 없는 장점이다. 나는 소주가 갖는 서민적인 이미지를 좋아한다. 내 안에는 소주가 놓인 술자리에 대한 일정한 감상 혹은 향수 같은 것이 존재하는 것 같다. 아무튼 나는 독주를 좋아하는 편이다. 맥주는 종종 설사를 유발해서 피하고, 독주에 속하는 위스키는 쓸데없이 비싸기 때문에 외면하며, 와인은 수많은 딜레탕트들에게 기꺼이 양보하기로 했다. 언젠가 삼성 그룹에서 직원들에게 와인 비즈니스를 전략적으로 권장했다는 기사를 읽었을 때, 와인을 그들에게 양보하겠다는 나의 마음은 확고해졌다. 와인을 마실 기회가 전혀 없는 것은 아니지만, 즐기면서 음미하기에는 와인이 내게는 아직 이물스러운 생경감을 안긴다.

소주 외에 내가 호감을 갖는 술은, 생각만큼 자주 마시지는 못하지만, 스웨덴산 보드카인 앱솔루트와 호세 쿠에르보 라벨의 데킬라다. 위스키처럼 독하고 비싸지만, 보드카와 데킬라 역시 원산지에서는 소주처럼 서민적인 이미지를 가지고 있다는 걸 알고부터 호감을 갖고 있다. 하지만, 보드카와 데킬라는 일 년에 기껏 서너 번 맛볼 수 있을 뿐이다. 나는 술에 내가 생각하는 기준 이상의 비용을 치르지 않는다. 술을 떠받들며 특별히 경외하지도 않는다. 술은 내게는 그냥 어리석고 가난한 시절을 함께 나눈 죽마고우 같은 대상일 뿐이다. 그렇게 간주할 때 내 정서에 가장 이상적으로 부합하는 것이 소주다. 나는 소주를 마시는 정신의 귀족이 되고 싶다. 집에서 소주를 몇 잔 마시고 좋아하는 음반을 턴테이블에 올려놓고 듣고 있으면 그 무엇도 부럽지 않은 행복감이 몰려온다.

이날 혼술상에 올린 꼬막common cockle은 백과사전에 따르면 돌조갯과에 딸린, 바다에서 사는 조개이다. 몸길이는 5 cm쯤, 폭은 3.5 cm쯤의 둥근 부채꼴이며, 방사륵, 그러니까 외피에 파인 홈은 부챗살 모양으로 18개쯤이고 그 위에 결절 모양의 작은 돌기를 나열한다. 9~10월에 산란하며 모래, 진흙 속에 살고 아시아 연안의 개흙 바닥에 많이 난다고 한다. 살은 연하고 붉은 피가 있으며 풍미가 아주 좋아 통조림으로 가공하거나 말려서 먹는다. 우리나라에서는 꼬막을 삶아서 양념에 무쳐 먹는 것을 즐기는데, 쫄깃하면서도 감칠맛이 나는 것이 특징이다.

중부 내륙 출신인 나는 꼬막 역시 성년이 되어서 대도시에 살면서 먹어볼 수 있었다. 아마도 전라도식 백반집에 갔다가 반찬으로 나온 꼬막무침을 먹은 것이 꼬막과의 첫 만남이었을 텐데, 그 맛이 기막힐 정도로 맛있는 것이었다. 세상에 이런 음식이 있는 걸 모르고 살았던 세월이 아쉬울 정도였달까. 이후 여러 차례 남도를 여행하면서 백반집에 갔는데, 만약에 꼬막무침이 없으면 심히 낙담을 하고 그 백반집을 아주 박하게 평가했고 꼬막무침이 올려지면 그 집 백반을 최고로 쳐주었다. 꼬막에 대한 지극한 편애가 생긴 것이다. 그리고 서울에 살면서도 틈만 나면 수산시장에 가서 꼬막을 사다가 무침을 해 먹었다. 그런데 웬만한 음식은 자주 먹으면 당연히 물리기 마련인데, 꼬막은 먹어도 먹어도 전혀 물리지가 않는 것이었다.

이날 짭조름한 꼬막무침과 함께 올린 콜라비영어: Kohlrabi, cabbage turnip 또는 German turnip, gongylodes L.는 순무 양배추라고도 불린다. 유럽 원산의 배추속 브라시카 올레라케아의 일종인 작물이다. 고구마와 무의 맛을 절묘하게 섞어놓은 듯한 맛으로 꼬막무침처럼 짭조름한 음식과 함께 술상에 올리면 궁합이 잘 맞는다. 100g 기준으로 비타민 C를 하루 영양소 기준치의 75퍼센트 가량인 62mg를 함유하고 있으며, 열량은 27Kcal이다. 콜라비는 겉이 자줏빛인 것과 초록빛인 것 두 종류가 있으며, 속은 모두 하얗다. 수분함량이 90퍼센트 이상으로 줄기부분은 아삭하고 단맛이 있어 생으로 먹는 것이 일반적이다.

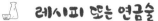 # 레시피 또는 연금술

• 꼬막무침은 손이 많이 가는 번거로운 음식일 뿐이지 그닥 어려운 음식이 아니다. 남자들은 대부분 뚝딱뚝딱 하면 금방 음식이 만들어지는 거라고 생각하는데, 사실은 전혀 그렇지 않다. 모든 식재료는 그것에 맞는 손질방법이 있고 그 절차를 거쳐야 제대로 된 본연의 맛이 나온다. 꼬막은 당연히 살아 있는 싱싱한 것을 사오는 게 좋다. 어떤 꼬막이 싱싱한 것인지를 구분하는 쉬운 방법이 있는데, 시장에서는 보통 큰 다라이 꼬막을 담아놓고 판다. 이때 한두 개 정도 입을 살짝 벌리고 있는 꼬막이 있는데 그것을 손으로 살짝 건드려보았을 때 입을 다물면 신선한 것이고 그대로 있으면 죽은 꼬막이다. 입을 벌리고 있는 꼬막들에 손을 대었을 때 대부분이 입을 닫으면 전체 꼬막의 신선도는 믿어도 좋다.

• 꼬막을 깨끗하게 씻은 뒤 끓는 물에 집어넣는다. 한소끔 끓어오를 때 찬물을 한 컵 넣고는 2분 정도만 더 끓인다. 그런 다음 불을 끄고 꼬막을 꺼낸다. 꼬막을 깔 때는 꼬막 뒤쪽의 틈에 숟가락 날을 집어넣고 비틀어주면 정말 쉽게 까진다.

• 양념장은 취향에 따라 양조간장, 고춧가루, 맛술(또는 생수), 다진

마늘, 생강가루, 다진 양파, 다진 청양고추, 요리당 등을 넣고 배합해서 만드는데, 결정적인 팁을 주자면, 양념장에 참기름 서너 방울을 넣어주면 향미가 아주 풍부해진다. 이것을 꼬막 위에 뿌려준다.

9. 쫄면과 미소된장국

　고백하건대, 나는 가끔 술을 마시면서 산문과 시를 쓰기도 한다. 노트북 옆에 단출하게 술병과 술잔을 놓고 한 잔씩 마시면서 키보드를 두드리는 것이다. 사람들은 술을 마시면서 어떻게 글을 쓰느냐고 좀 신기한 반응을 보이기도 하는데, 사실 술을 마시면 술을 마시지 않은 상황에서는 고양되지 않던 어떤 감정과 감상이 몽글몽글 피어나기도 하는 것이어서, 글을 쓰는 것을 업으로 삼고 있는 나로서는 그것을 그대로 받아적는 것이 일종의 의무처럼 느껴지기도 하는 것이다.

　솔직히 말하자면 지금 쓰고 있는 이 글도 술을 마시면

서 쓰고 있는 것이다. 그런데, 내가 하는 말을 안 믿어도 좋지만, 어떤 경우엔 술을 마시고 쓰는 글이 맨정신으로 쓰는 글보다 내 마음에 드는 어떤 율격과 품위를 가진다. 그뿐 아니라 술은 내 안에서 하고 싶었으나, 이런저런 사정으로, 혹은 눈치를 보느라 웅크리고만 있었던 어떤 분기나 결기를 끄집어내기도 한다. 이때, 내 안의 어떤 억압의 사슬이 풀리는 기분이 든다.

술은 보통 진정 기능과 각성 기능이 있다고 알려져 있는데, 진정 기능이 작동하면 사람의 말수가 적어지면서 차분해지고, 각성 기능이 작동한 사람은 보통 말수가 많아지고 목소리가 커진다. 내게서는 진정과 각성, 두 가지 기능이 다 나타나는 것 같다. 술의 기운을 빌어 글을 쓸 때는 각성 기능이 좋은 쪽으로 작동하는 경우라고 할 수 있다.

그래서 하는 말인데, 나는 지금 술기운을 빌어 평소 하고 싶었던 얘길 해보려고 한다. 못마땅한 주류 시인들의 행태에 대한 것이다.

시인으로 호가 나면, 삼가면서 시 앞에서 더 진중해지는 드문 사람이 있는가 하면, 제 이름을 허명으로 만들고

야 말 통속의 지위에 취해 부화방종浮華放縱을 일삼는 사람도 있다. 내가 겪은 바에 의하면 후자의 경우가 압도적으로 많다.

이들은 문학상 심사위원, 각종 문학제 강연, 출간기념회, 문인단체 회연, 문학관 주최 세미나 등을 순회하듯 돌아다니며 술추렴이나 하면서 전혀 갱신되지 않은 자신들의 시론을 배설하기 바쁘다. 그러면서 자기들끼리 배타적인 에꼴이나 인적 네트워크를 꾸려 '이익의 동맹'을 맺는다. 이를테면 심사위원과 수혜자의 자리를 맞바꿔가면서 '너 한 번, 나 한 번' 지원금과 상금 등을 타먹는다.

뭐, 그건 그렇다고 치자. 곧 죽어도 먹고는 살아야 되니까. 시인이라고 물과 공기만 마실 리 없고 밥을 먹어야 하니까. 그런데 내가 정말 참을 수 없는 것은 이것이다. 허랑방탕하게 게으르게 살다가 문예지에서 청탁이라도 오면 그제서야 시 몇 줄 끄적이려고 박재薄才를 끌어와 끙끙대면서 창작의 고통 운운, 엄살을 부린다는 것이다. 거기서 대체 어떤 시가 나오겠는가.

나도 여태 시를 백여 편 발표했지만, 나는 한 번도 청탁을 받고서야 시를 써본 적이 없다. 나는 늘, 이미 가지고 있던, 충분히 묵혀 놓고 퇴고한 시를 보냈다. 시 쓰기는 무슨 기계 장치의 모드처럼 작동되는 게 아니어서 스위치를 비틀 때마다 시가 나오는 것이 아니다. 시적인 것-포에지는 무심결에 내 안으로 파고드는 것인데, 마치 마른 하늘의 소나기가 그러하듯이 말이다. 그 소나기를 받아들이려면, 그 '가능성의 하늘' 아래 있어야 한다.

술추렴이라고 표현했지만, 시인들은, 모이면 거의 예외 없이 술을 마신다. 예전에 비해 술 소비가 줄었다고는 하지만, 여전히 시인들의 세계에서 술은 매우 중요한 주제이며 재제다. 시인들이 모인 술자리에서는 눈에 보이지 않는 파토스가 섞이고 교차되고 부딪친다. 거기서 인사이트와 영감이 태어난다. 시의 행간을 채우는 마찰음과 파찰음이 발생한다. 술자리는 그래서 많은 시인들에게 사막의 오아시스 같은 것이다. 그런데 문제는, 거기에 함몰되는 것이다. 오아이스에서 목을 축였으면 다시 자신만의 고독한 길을 떠나야 하는데, 그 길 위에서 시를 써야 하는데, 그 달콤함에 중독돼 오아시스 우물에 제 몸을 묶는 것이다.

나는 어느 시점에서 시인들과의 술자리와 결별했다. 내 목을 축였던 우물을 스스로 부수고, 새 길을 떠나야만, 새로운 우물을 만나야 한다는 불가능한 희망을 품어야만, 새로운 시 한 줄을 얻을 수 있다고 생각했기 때문이다. 어쩌면 이것이 혼술에 이르게 된 필연적인 소이연인지도 모른다.

이날 술상에는 쫄면과 미소된장국을 올렸다. 사전을 찾아보면 굵고 탄성이 강한 면발. 또는 그 면발을 사용하여 채 썬 양배추, 콩나물, 당근, 오이 등의 간단한 채소를 넣고 초고추장을 베이스로 한 소스를 넣어 차게 해서 먹는 면요리라고 나와 있다. 사실 이런 소개는 불필요하다. 쫄면을 모르면 한국인이라고 할 수 있을까. 정말이지 한국인이 개발한, 한국인에 의한, 한국인을 위한, 전국 어디든지 분식집이나 식당에서 흔하게 맛볼 수 있고 어딜 가나 비슷한 맛을 내는 전국구 요리다.

그런데 의외로 쫄면의 역사는 다른 국민음식에 비교할 때 길다고 할 수 없다. 일각에 의하면 1970년대 인천 중구 경동의 광신제면에서 비롯되었다는 주장이 있다. 냉면 면발을 생산하던 광신제면이 냉면용 면을 뽑다가 사출구멍을 잘못 써서 굵은 면발이 나왔는데 버리긴 아까워서 인근 이웃 분식집에 공짜로 줬고 분식집 주인이 이걸 고추장 양념에 비빈 뒤 채소를 곁들여 만든 게 쫄면의 시초라는 주장이 그것이다. 이것이 흔히 쫄면의 유래로 알려져 있다. 하지만, 냉면과 쫄면은 원료가 다르고, 색도 다르기 때문에 이 주장은 그냥 일설로 보는 게 맞을 것이다.

쫄면 맛은 초고추장의 매운맛과 단맛, 신맛이 주를 이루며, 쫄깃한 면발과 생야채의 아삭한 식감으로 먹는 음식이다. 고명으로는 주로 삶은 달걀, 당근, 오이, 양배추 등이 주로 쓰이며 경우에 따라 콩나물도 추가된다. 이 때문에 분식집 메뉴 중에서 영양소가 가장 풍부한 음식이 쫄면이다. 쫄면을 우습게 보면 안 되는 이유다.

미소된장의 미소는 '味噌'라고 쓰고 일본식 된장을 가리킨다. 백과사전을 보면 찐 메주콩대두을 쌀, 보리로 만든 코지麴, 누룩와 함께 섞어서 만들거나 메주를 소금과 함께 섞어서 만든다. 어떤 집에서는 밀을 쓰기도 하지만 개인이 만드는 게 아닌 이상 일반적인 미소 중에 밀을 쓰는 경우는 없다고 한다.

재료에 따라 크게 쌀을 이용한 코메미소米味噌, 보리를 이용한 무기미소麦味噌, 콩만 사용한 마메미소豆味噌 세 가지로 분류하며 이 세 가지를 섞은 혼합 미소도 존재한단다. 나는 개인적으로 한국 된장도 좋아하지만 은은하고 순한 미소된장국도 좋아한다. 양념이 강한 안주와 함께 술상에 올리면 풍미도 좋고 입안을 개운하게 해주기도 한다.

레시피 또는 연금술

• 쫄면용 면을 사다가 끓는 물에 삶는 것이 먼저다. 중간에 한 가닥 정도 맛을 보면 어느 정도 자신이 원하는 쫄깃한 정도가 되었을 때 불을 끈다. 쫄면의 백미는 뭐니 뭐니 해도 양념장과 토핑이 좌우한다. 면을 끓이는 동안 양념장을 미리 만들어놓는 게 좋은데, 면을 끓여놓고 양념장을 만들기 시작하면, 당연히 면은 속절없이 불기 때문이다. 양념장을 직접 만들어도 좋지만 요즘은 식품회사들이 너무나도 맛있는 다양한 양념장을 만들어 시중에서 판매한다. 쫄면용 비빔장을 사다가 쓰는 게 좋다. 당신이 비빔장을 굳이 만들겠다면 고추장과 맛술, 요리당, 식초를 2:1:1:1이 비율로 배합하면 된다. 여기에 삶은 계란, 오이, 당근, 파프리카, 콩나물 등, 아삭한 느낌이 나는 채소 중심의 토핑을 곁들이면 당신만을 위한 쫄면이 완성된다.

10. 황태구이와 굴

술꾼들은, 사실은 그닥 환영받거나 대접받지 못하는 존재들이다. 술꾼 자신들도 그걸 잘 알고 있다. 술꾼에게는 늘 주폭이나 주사의 의심과 경계심이 따라붙는다. 이 점 역시 술꾼들 자신이 잘 알고 있는 것이다. 사실 술을 마시면 각성의 효과 때문에 이성의 통제력이 느슨해지는 것이 사실이어서 제법 실수를 하기도 한다. 적절하지 못한 언행이 나오면서 시비가 붙는 것이다.

내가 쓴 소설 중에 「고통의 관리」라는 단편소설이 있는데, 이 작품은 한 중년 남자가 술을 마시고 주변 친구나 지인들에게 전화를 걸어서 밤새 '꼬장'을 부리는 내용으로만 원고지 100매를 채운 소설이다. 그의 '꼬장 섞인' 전화를 받는 이는 가족에서부터 친구 선배, 헤어진 연인에 이르기까지 다양하다. 소설을 쓰면서도 나는 아무 잘못도 없이 주사의 피해를 입는 이들, 내가 창조한 등장인물들이 참 측은하게 느껴졌다. 실제로 평소에는 숫기도 없고 조용한 사람이 술만 마시면 폭력적으로 변해 평상시의 인격으로는 상상할 수 없을 정도의 거친 언사를 내뱉는 경우를 나는 종종 봤다. 그런데 오해는 하지 마시라. 내게 그런 술버릇이나 주사는 없으니까.

주폭이나 주사가 없는, 그런 것을 완벽하게 초월한 경우라면 술꾼은 오히려 더없이 순하고 아름다울 수도 있다. 술을 예찬하는 차원에서 하는 말이 아니라, 나는 술을 마시면서 자신의 강퍅하고 모진 마음을 어루만지곤하는 사람들을 몇몇 알고 있다. 술은 스스로에게 미더운 마음을 안겨주기도 하고, 진실해지라고, 진실의 편에 서라고 용기를 안겨주기도 한다. 그런 과정에서 자신을 성찰하고, 타인에 대해 날을 세웠던 자신의 마음을 고해하기도 하고, 누군가를 연모하는 마음을 정직하게 털어놓기도 한다. 술은 사실 아무 잘못이 없는 것이다. 술을 마

시는 이들이 술기운에 나쁜 의도와 욕망을 섞지 않는 한에는.

황태는, 내 의견에 사람들이 얼마나 동의할지는 알 수 없으나, 마흔쯤은 되어야 비로소 조금씩 그 진미를 알고 좋아하게 되는 음식인 것 같다. 내 경우가 그랬는데, 내 주변의 친구들을 보아도 마흔 이전에는 황태를 좋아하는 경우를 볼 수 없었고 마흔 정도 된 이후부터 황태해장국을 찾고 황태요리의 맛을 제대로 음미하는 것 같다.

보통 황태를 북어와 혼동하는 경우가 많은데, 그 차이는 명확하다. 북어가 명태를 그냥 뻣뻣하게 건조시킨 것이라면, 황태는 겨울철에 밖에 널어서 겨울바람과 날씨를 이용해 얼렸다 녹였다를 겨울 내내 반복하여 만들어진다는 것이 큰 차이점이다. 즉, 북어가 단순한 자연건조라면 황태는 뭔가 있어 보이는 동결건조라 할 수 있다. 이 때문에 겨울에 바람이 많은 지역, 그러니까 주로 해풍이 부는 지역에서 집중적으로 황태를 만드는데, 이곳을 흔히 '덕장'이라 부른다. 예전에 다큐멘터리에서 황태덕장에서 일하는 사람들의 노동을 보여준 적이 있는데, 아,

꽁꽁 언 돌멩이처럼 단단한 동태를 줄에 꿰어 너는 그 노고가 말이 아니더라.

전통 방식으로 꼼꼼한 관리 속에 만들어진 황태는 그 자체만으로도 훌륭한 간식거리이자 술안주가 되는 것은 물론 일품요리 재료로도 손색이 없다. 잘게 찢은 황태포에 양념을 한 황태포무침이나, 진하게 우려낸 국물을 맛볼 수 있는 황태국, 아귀찜처럼 만들어 먹는 황태찜, 더덕이나 고추장 불고기와 함께 하면 일품인 고추장 황태 불고기 등 훌륭한 안주이자 고급 반찬이 된다. 채 썬 건 황태채라고 하는데, 버터에 볶아 먹으면 맛이 좋고 없어도 생불에다가 가볍게 구운 다음 참기름을 조금 섞은 식용유로 살짝 볶아도 맛있다.

이것은 참으로 안타까운 진실인데, 최근 만들어지는 황태는 대부분 러시아산 명태로 덕장에서 얼리고 말린 것이다. 우리나라 수역에서 명태가 씨가 말라버렸기 때문이다. 사실 경계가 딱히 없는 바다에서 수천 킬로미터를 여행하곤 하는 물고기들에게 국산이니 러시아산이니 하는 점은 별로 중요할 게 아니겠지만.

많은 이들이 모르고 있지만 황태는 우리가 쉽게 접하는 평범한 식재료 중에서 단백질 비율이 가장 높은 식재료이기도 하다. 사전에 따르면 황태의 100g당 단백질 함량이 무려 80g 내외이다. 일반적인 고단백 음식으로 알려진 달걀, 닭가슴살, 육류 살코기 등의 100g당 단백질 함량이 10~30g 사이인 것을 생각하면 압도적이다. 다만 지방이나 탄수화물 같은 다른 열량원은 매우 적은 편이다.

어렸을 때 시골 고향집에서 개를 키웠는데, 가끔씩 개가 아프거나 지친 기색이 있으면 아버지가 황태를 물에 불리고 끓여서 개밥에 섞어주기도 했다. 그러면 그걸 먹은 개는 신기하게도 기력을 찾아 멍멍 짖는 것이다. 나는 황태를 먹는 개에서 어떤 영감을 얻어서 몇 편의 습작시를 쓰기도 했는데, 발표하지는 못했다. 거기에는 이런 표현이 있다. "황태를 먹은 개는, 명태의 불량한 미래에 자신이 가담한 것을 알지 못한다." 지금 생각해도 무슨 의미로 저런 시구를 만들었는지 알 길이 없다.

이날 황태와 함께 술상에 올린 굴은 두 말하면 잔소리

일 정도로 내가 가장 좋아하는 겨울철 안주재료다. 내가 굴을 처음 먹어본 날도 선명하게 기억나는데, 아홉 살인 가 열 살 즈음 우리 집에서 '계 모임'이 있어서 부모님의 친구분들이 오신 적이 있다. 그들을 초대한 입장이었던 부모님은 딴에는 정성껏 음식을 준비했는데, 그때가 초겨울 즈음이었고 아버지가 큰마음을 먹고 당시로서는 만만찮은 가격이었던 생굴을 시장에서 사오신 것이다. 해안과는 거리가 먼 중부 내륙 지방의 소읍에 해당했던 내 고향에서 생굴은 정말 귀하디 귀한 음식일 수밖에 없었다. 아무튼 그렇게 귀한 음식을 손님상에 올렸는데, 나도 운명적으로 그날 굴의 맛을 알아버린 것이다. 그 어린 나이에도 굴의 향과 식감이 정말 황홀하게 느껴졌던 것이다. 하지만 그 이후에도 굴은 내가 원하는 만큼 먹을 수 있는 음식은 아니었다. 굴을 마음껏 먹게 된 것은 성인이 되고, 경제적으로 자립을 하고서부터였던 것 같다. 굴이 나는 제철이 되면 늘 굴을 사다가 국도 끓여 먹고, 생굴을 초고추장에 찍어도 먹고, 그냥 살짝 데쳐서도 먹고, 어떤 경우엔 껍질째로 시판되는 석화를 사다가 쪄먹기도 하고 구워 먹기도 했다. 내 경우 겨울은 굴을 먹으며 난다고 해도 과언은 아닐 것이다.

굴은 맛도 좋지만 영양소도 참 풍부한데, 일단 아연이 많은 것으로 알려졌다. 아연 성분은 남성 호르몬인 테스토스테론 분비를 촉진하고, 정자의 생성과 활동을 돕기 때문에 정력에도 도움이 되는 것으로 알려져 있다. 단 호르몬 수치가 정상 범위 미만일 때에 회복 효과가 있다는 이야기이며, 이미 정상인 사람에게는 큰 의미가 없다. 신체가 항상성을 유지하기 위하여 과다한 분비는 억제하기 때문이다.

레시피 또는 연금술

• 황태는 재래시장은 물론 일반 마트에서 두루 판매하는 식재료이기 때문에 구입하는 데 큰 어려움은 없다. 사 온 황태를 흐르는 물에 씻고 잠시 물에 담갔다가 건진 후 키친타월로 물기를 빼준다. 프라이팬에 식용유를 넣고 약불로 서서히 달군다. 프라이팬이 달궈지면 황태를 올린다. 약불 상태를 유지하며 부침용 주걱으로 꾹꾹 눌러주며 인내심 있게 구워야 황태가 뒤틀리거나 변형되지 않는다. 황태구이용 양념장은 미리 만들어두어야 하는데, 황태가 구워지면 바로 황태 위에 올려줘야 하기 때문이다. 양념장은 고추장, 고춧가루, 다진 마늘, 다진 양파, 요리당, 매실엑기스 등을 섞어서 만들고 다 구워진 황태 위에 골고루 퍼듯이 올린다. 여기에 화룡점정으로 붉은 실고추를 올려준다.

11. 주꾸미숙회와 딸기

술꾼들은 대개 시간과 날씨에 예민하다. 술맛을 가장 돋울 수 있는 이상적인 시간, 그리고 날씨를 탐하기 때문이다. 건너건너 들은 얘기여서 어디까지가 사실인지, 혹시 과장된 이야기는 아닌지는 확인할 수 없으나 비 오는 날마다 술을 마시는 취미가 있는 어떤 애주가는, 자기가 사는 지역에 비가 내리지 않자 열차를 타고 비가 오는 지역을 찾아가 술을 마시기도 했다고 한다. 그런 정성을 생각하면 그에게 술을 마시는 행위는 하나의 의식이 아닌가 싶을 정도다. 나 역시 비가 오면 다른 날보다 술생각이 더 깊고 그윽해지곤 하는데, 그것은 아마도 비와 술이 맞이하는 대상을 적시는 것이라는 공통점이 있기 때문이 아닐까 싶다. 비는 자연과 대지를 적시고 술은 인간의 영혼을 흠뻑 적시지 않던가.

혼술족으로서 내게도 반드시 적용하는 원칙이 몇 가지 있다. 그중 하나가 술은 해가 질 즈음부터 시작하거나 해가 완전히 진 다음부터 마신다는 것이다. 해가 하늘 한가운데 떠 있거나 아직 사위가 환한 상태에서는 술을 마시지 않는다. 쉽게 말해 나의 혼술 사전에 낮술은 없다. 이것은 술을 마시는 행위가 낮에서 밤으로 넘어가는 행성의 원리, 어둠의 기원을 상상하는 행위이기도 하다는 걸 뜻한다. 낮술의 쾌감을 내가 전혀 모르는 것은 아니다. 낮술의 그 강력한 취기는 인간의 무력한 현실, 나아가 인간 사회와 역사의 공허함을 일거에 표백시키는 마력을 갖는다. 낮술에 취하면 부모 얼굴도 몰라본다는 출처 불명의 금언이 있는 것처럼, 낮술은 몇 가지 리스크를 갖고 있는 게 사실이다. 무엇보다도 공동체의 구성원들은 낮부터 술을 마시는 사람들을 좋아하지 않는다. 심한 경우에는 낮술을 이성의 통제력과 자기 구속력을 잃은 자의 반사회적인 행위로 간주하기도 한다. 내가 낮술을

안 마시는 이유도 이런 것과 연관이 있는데, 내가 좋아하는 술을 마시면서 타인들에게 경멸까지 받을 필요는 없다고 생각하기 때문이다. 나는 물은 목마른 사람이 마시는 것이라면 술은 지친 사람들이 마시는 것이라고 생각하는데, 달이 조금씩 차오를 때, 낮 동안의 노동에 지친 몸과 영혼을 술로 달래는 것, 성실하게 보낸 하루의 보상을 받는 것, 그게 나는 술 마시는 이가 누려도 좋을 권리라고 생각한다. 그런데 낮술은 이런 명분을 붙일 수가 없다. 그러니까 나는 더 당당하고 자유롭게 술을 즐기기 위해 낮술을 피하는 것이다. 내가 낮술을 안 마시는 원칙이 있다고 하니 다소 실망을 표하면서 그 이유를 묻는 페이스북의 친구가 있었다. 내가 그에게 답한 것은 이것이다.

"낮술을 마시면 향기로운 저녁술을 하지 못하기 때문이에요."

나는 정말 붉은 석양을 보면 술 한 잔이 반사적으로 생각난다. 해가 넘어가는 저녁은 마음을 애틋한 방향으로 기울게 한다. 저녁이란 말은 누군가 석양을 가리키며 "저기 저 붉은 것들이 서둘러 쫓아가는 저 녘에는 무엇이 있나."라는 말에서 비롯되었을 거라고 내 맘대로 생각하려 한다.

그런데 여기서 '녘'이란 말은 참 매력적인데 방향과 시간의 뜻을 함께 내포하고 있기 때문이다. '해 질 녘'이라고 할 때의 녘은 해가 질 무렵의 시간을 의미하지만, '동녘'이나 '들녘'이라고 할 때의 녘은 장소성을 가진 방향을 가리킨다.

그러니까, 저녁은 지시대명사 '저'에 방향을 가리키는 의존명사 '녘'이 결합해서 만들어진 게 아닐까. 저물녘이 저녁이 되었다고 말하는 이도 있는데, 개연성이 적다.

그런데 정말, 저기 저 석양이 지는 저 녘에는 무엇이 있나. 나도 붉어져서 넘어가보지 않고서는, 이 녘에서는 알 수 없을 것이다. 그래서 나는 술이라도 마시고 이 녘에서 저 녘으로 넘어가보려는 것이다.

주꾸미는 낙지와 더불어 내가 좋아하는 연체동물로 분류되는 식재료 중 하나다. 낙지와 주꾸미 모두 문어과에 속한다고 한다. 주꾸미는 낙지와 비슷하게 생겼지만 크기는 아담하고 다리 길이도 훨씬 짧다. 그래서 조금 작은 사이즈를 가진 주꾸미는 한입에 먹기도 좋다.

주꾸미를 내가 처음 먹어본 것은 30대에 접어들고서였는데, 옛날에는 잡히는 지역에서나 먹는 해물이었다고 한다. 그런데 어떻게 주꾸미가 전국적으로 사랑받는 음식이 되었을까. 주꾸미를 삼겹살과 함께 매운 고추장 양념으로 볶아서 먹는 주꾸미삼겹살, 일명 '쭈삼'이 인기 있는 메뉴가 되면서 산지뿐 아니라 전 지역에 사는 사람들이 즐겨 먹는 메뉴가 되었다는 게 정설이다. 나 역시 주꾸미를 처음 먹어본 것은 '쭈삼'을 통해서였다. 내가 처음으로 취직했던 출판사 옆에는 쭈꾸미삼겹살을 주메뉴로 하는 식당이 있었고 거기에서 주꾸미를 처음 먹어본 것이다. 하지만 고추장을 베이스로 하는 매콤한 양념 맛이 다소 강한 편이어서 주꾸미 본연의 맛을 음미했다고 보기는 어렵다. 지금도 나는 주꾸미를 양념으로 볶아서 먹기보다는 그냥 있는 그대로 끓는 물에 데쳐서 초고추장을 찍어 먹는 것을 훨씬 선호한다.

3월에 잡히는 주꾸미는 사람들이 머리라고 생각하는 부위 속에 투명하고 맑은 색의 알이 꽈리처럼 들어 있다. 주꾸미를 삶으면 이 부위가 흰 밥알처럼 익는데, 맛이 아주 좋다. 많은 이들이 주꾸미의 제철을 봄이라고 말하는

데, 산란기 직전인 3월에 이 알이 꽉 차기 때문이다. 그런데 알은 들어 있지 않지만 육질이 찰지고 쫄깃쫄깃한 것은 오히려 가을에 잡히는 주꾸미여서 주꾸미 제철을 봄이 아니라 가을이라고 보는 사람들도 있다. 내가 결론을 내리자면, 주꾸미는 막 잡힌 생물이기만 하면 봄이든 가을이든 다 맛있다. 수입하는 냉동 상태와 국내 해역에서 잡히는 생물 간의 식감 차이가 가장 큰 것은, 내 생각에는 주꾸미다. 생물이 다소 비싸지만 그 맛의 차이를 알고 나서는 생물을 먹지 않을 도리가 없다. 냉동 주꾸미는 앞에서 언급한 진한 고추장 양념으로 삼겹살과 함께 볶는 '쭈삼'에 쓰면 좋을 것이다.

주꾸미의 반전 매력은 그 작은 몸피에 엄청나게 다양한 영양소를 갖고 있다는 것이다. 먼저 주꾸미는 콜레스테롤을 감소시켜 준다. 주꾸미에 풍부한 오메가3지방산과, EPA, DHA는 콜레스테롤 수치를 줄이는 데 특효가 있다. 또 주꾸미는 낙지보다도 풍부한 타우린을 함유하고 있어 알코올 해독에 도움을 주며 간의 기능을 회복시켜 준다. 타우린은 또한 피로를 풀어주고 활력을 증진하는 데에도 효과가 있다. 주꾸미는 이밖에도 지방의 함량이 매우 적고 DHA 등의 불포화지방산, 필수 아미노산, 철분이 풍부하여 다이어트를 하는 사람들에게도 좋은 식품으로 알려져 있다. 주꾸미 항암효과와 빈혈예방에도 좋은 식재료다. 주꾸미에 들어 있는 먹물은 암세포의 증식을 막아주는 항암 효과가 있고, 위액의 분비를 촉진시켜 소화에 도움을 준다. 또한 주꾸미에는 철분의 함량이 매우 풍부하여 빈혈을 예방하고 치료하는 데도 효과적이다. 이 정도면 보약이라고 해도 과언이 아니다.

레시피 또는 연금술

• 주꾸미 숙회 레시피는 사실 별게 없다. 무조건 싱싱한 제철 주꾸미를 사오는 게 관건이다. 싼 게 비지떡이라는 말이 있는데, 주꾸미숙회에도 너무나 잘 적용되는 금언이다. 주꾸미볶음이나 주꾸미삼겹살볶음처럼 양념을 가미해 조리하는 메뉴에는 비교적 저렴한 냉동 주꾸미나 외국산 주꾸미를 써도 별 상관없지만, 선도가 생명인 숙회는 싱싱한 국내산 주꾸미를 쓰는 게 실패하지 않는 비법이다. 물론 그만큼 비싼 비용을 치러야 한다. (2021년 제철 기준 1킬로당 소매가 3만 원을 호가한다.) 하지만 제철 주꾸미는 그야말로 보약과도 진배없으니 지갑 여는 것을 아까워해서는 안 된다. 싱싱한 주꾸미를 사와서 보울에 밀가루와 함께 넣어서 씻어준다. 낙지나 문어처럼 빨판에 있을 이물질을 제거하기 위해서다. 그런 다음 흐르는 물에 씻어주고 물이 끓기를 기다렸다가 데치면 된다. 선도가 보장되는 주꾸미는 살짝만 데쳐야 하는데 펄펄 끓는 물에 30초 정도만 데쳐도 충분하다.

12. 짜장떡볶이와 어묵탕

내 편견이라고 해도 어쩔 수 없지만, 나는 바로 전편의 에세이에서 술은 지친 사람들이 마시는 거라고 생각한다고 말했다. 목마른 사람들이 마시는 게 물이라면, 술은 삶이 고되어서 지쳐버린 사람들이 마셔야 제격이라고.

6~7년 전쯤의 일이다. 망원동에 맛집으로 알려진 순대집이 있다고 해서 시 쓰는 동료 몇 명과 술을 마시러 간 적이 있다. 아마도 시간은 초저녁으로 다섯 시쯤이었을 것이다. 대부분 사무직에서 일하며 펜대나 굴리는 희

멀건 서생이었던 우리는 해지기 전부터 사치스럽게 맛있다고 이름난 순대를 시켜 술추렴이나 하려고 했을 터이다. 그러니까 그냥 일없이.

우리가 자리를 잡고 첫 술잔을 막 호기롭게 부딪치고 있을 즈음, 허름한 작업복 차림의 초로에 접어든, 한눈에 보아도 일용직 건설 노동자들임이 분명해 보이는 이들 서넛이 들어와 옆 테이블에 앉는 것이었다. 그들은 지금은 잘 쓰지 않는 단어지만, 내가 애틋하게 생각하는 '인부人夫'로 불리는 사람들이었는데, 시간으로 보아 인근의 공사 현장에서 하루의 노동을 막 마치고는 허기를 달래기 위해 그 집에 들어온 것으로 보였다. 그렇게 봐서 그런지는 몰라도 다들 어지간히 지쳐 보였다. 어디서건 유난한 이들을 관찰하는 취미가 있던 나는 인부들이 들어온 순간부터 그들을 유심히 바라보았다.

아니나 다를까, 그들은 우리처럼 안주용 메뉴를 시킨 게 아니라 각자 자기 몫의 순대국과 공기밥, 그리고 소주를 달라는 것이었다. 우리 테이블에서 일행들의 대화가 오가면서 계속 술잔이 돌고 있었지만, 알 수 없게도 옆

자리의 인부들에게 눈길을 붙들린 나는 국밥과 소주가 내어진 그들의 테이블을 계속 바라보았다. 그때, 참으로 신선하면서도 놀라운 광경이 눈앞에 펼쳐졌다.

인부들의 마술과도 같은 루틴이었다고나 할까. 그들은 늘 그렇게 해온 것처럼 아무렇지도 않게, 익숙하게, 밥을 국에 넣어서 말고는 소주를 그 빈 밥공기에 가득 채워서 가볍게 부딪치고는 물 마시듯 꿀꺽 마시는 것이었다. 소주잔 드릴까요, 소주잔 왜 안 줘요, 여기 백면서생들처럼 잔을 달라 말라 군소리가 필요 없었다. 나는 그 순간 좀 과장해서 말하면 찌릿한 전율이 일었다. 그들은 술을 의식처럼, 의장처럼 마시는 게 아니었다. 단지 그 순간의 지친 육체가 원했던 술을 바투 받아들이는 것이었다. 어서 빨리 술기운을 온몸에 퍼뜨려 하루 종일 노동으로부터 두들겨 맞은 고통을 잊고 싶었을 것이다. 그러니 소꿉장난에나 쓰면 좋을 소주잔이 무에 필요했겠는가.

나는 그날 나의 술잔이 부끄러워서 술이 조금도 달지 않았다. 맛있다고 소문난 순대의 맛도 잘 느껴지지 않았다. 술잔을 비우면 비울수록 오히려 정신이 오롯해졌을 뿐이다. 그러면서 힐끔거리며 저 위대한 지친 사람들이

나누는 술을 동경하듯 훔쳐보았다. 그리고, 술은 무릇 지친 사람들이 마시는 것이라는, 지엄한 명제를 가슴속에 금과옥조처럼 품게 되었다. 지치지 않은 채 술을 마시는 것은 사치라고. 그런데, 나는 그 부끄러움을 알면서도, 그 부끄러움을 잊기 위해 오늘도 지치지 않은 채, 지칠 법도 한데 지치지 않고 술을 마신다. 『어린 왕자』에 나오는 그 어리석은 술꾼처럼.

지치지 않은 채 술을 마시는 것은 부끄러운 일인데, 집에서 혼술을 즐기는 나는, 안주를 만드는 수고로움을 기꺼이 감수하고 있다는 생각으로 조금은 부끄러움을 잊는다. 이 날의 주 안주는 짜장떡볶이다. 짜장은 튀긴 춘장과 야채·고기를 식용유에 볶아서 만든 것이다. 여기에 밀가루 면을 넣어 비비면 짜장면이 된다. 짜장면은 철저하게 한국화된 중화요리이다. 중국 현지에서는 우리가 먹는 짜장면의 맛과 동일한 짜장면을 먹을 수 없다는 건 이제 상식이 되었을 정도다.

짜장면의 원형은 짜지앙미엔炸醬麵, 작장면이다. 당연히 중국에서 온 음식이기 때문에 한국 사람들은 짜장면을 중국 요리라고 의식하면서 먹는다. 그토록 즐겨 먹으면서도 짜장면을 우리 음식, 한식이라고 생각하는 사람은 거의 없다. 그런데 외국에서는 짜장면이 한국 요리라는 인식이 강하다. 한국을 방문한 관광객들이 한국인들의 권유로 짜장면을 먹어보고서는 그걸 한국의 맛이라고 생각하는 경향이 있기 때문이다. 오스카상을 수상한 봉준호 감독의 영화『기생충』에는 즉석으로 만들어 먹을 수 있는 짜장라면을 먹는 장면이 나오는데, 그 바람에 더더욱이 짜장면은 한국 음식이라는 인식이 세계인들에게 퍼졌다. 그런데 한국 사람들은 여전히 한국 음식으로 인정을 안 하고 있다는 아이러니.

재미있게도 이와 비슷한 경우로는 일본의 나가사키 짬뽕이나 라멘을 꼽을 수 있다. 이 역시 원형은 중국 요리이고 나가사키 짬뽕의 경우 천평순이라는 나가사키에 거주하고 있던 화교가 만들었지만, 전래된 지 수십 년 이상이 흘러 일식화가 완전히 진행된 지금 나가사키 짬뽕은 우리 나라 사람들에게 일본의 현지 음식으로 취급되고 있다. 백과사전을 찾아 보면 라멘 역시 중국에서 수타면을 부르던 호칭인 라미엔拉面에서 유래된 호칭이며, 일본 내에서는 거의 다 중식으로 취급하지만 한국을 포함해 다른 나라에서 라멘을 중식이라고 생각하는 사람은 거의 없다.

다시 짜장으로 돌아가 이야기를 이어가면, 보통 우리나라 사람들은 짜장을 면이나 밥과 함께 먹는다. 짜장면, 짜장밥은 웬만한 중국 음식점에 다 있는 가장 많이 팔리는 메뉴다. 그런데, 나 역시 짜장면이나 짜장밥을 참 좋아하지만, 그것을 술상에 올려 안주로 삼기에는 뭔가 부담스러운 측면이 있다. 다른 사람들은 어떤지 모르겠지만 나는 포만감이 조금이라도 느껴지면 술맛이 싹 달아난다. 나는 보통 속이 비어서 약간의 허기가 느껴질 때 술생각이 난다. 그런 이유에서 나는 여태껏 반주를 해본적이 없다. 밥을 먹을 때는 술을 포기하고, 술을 마실 때는 밥을 포기해온 것. 그런데 짜장면과 짜장밥은 모두 식사에 준하는 메뉴들이다. 탄수화물이 주성분인 면과 밥을 먹으면 금방 포만감이 느껴진다. 그런데 술을 마시고도 싶은데, 그 짭조름하고 달짝지근한 짜장 맛이 견딜 수 없이 그리울 때는 어떻게 해야 하나. 대안이 필요하다. 그래서 내가 생각해낸 것이 떡볶이다. 짜장을 잘 볶아서 거기에 밥이나 면 대신 떡을 넣어보자는 생각. 물론 이 생각을 내가 처음 한 것은 아닐 터인데, 근년에 짜장과 떡볶이를 섞은 메뉴들을 블로그나 인스타그램에서 본 기억도 있다. 나와 비슷한 생각을 한 사람이 있었다는 것일 게다. 사람들의 수요에 따른 욕망이나 상상력은 어쩌면 크게 다르지 않을지도 모른다.

그런데 떡볶이 역시 밀가루나 쌀이 주성분인 떡이 들어가므로 조금만 먹어도 배가 부를 수 있다. 떡은 최소한만 넣어야 한다. 그러니까 떡을, 이 음식은 떡볶이가 맞다,라고 사람들에게 보여줄 수 있을 정도로만 넣어야 한다. 짜장의 짠 맛을 조금만 중화시켜줄 정도로만.

🧪 레시피 또는 연금술

• 짜장떡볶이는 떡볶이용 떡과 짜장을 따로 분리해서 준비한 후 섞어주는 게 좋다. 먼저 짜장을 볶아야 하는데, 취향에 따라 넣을 채소를 결정하면 된다. 나의 경우엔 감자와 양파, 호박, 돼지고기, 청양고추와 당근을 썰어서 넣고 춘장에 볶았다. 춘장은 요즘 가루 형태로도 나온 게 있고 전통 장 형식으로 나온 게 있는데, 가루 형태를 쓰는 것이 훨씬 조리하는 게 쉽다. 전통 형식의 춘장은 식용유에 또 따로 볶아야 하는데, 보통 중국집에서는 돼지기름에 춘장을 볶아서 풍미를 돕는데 가정집에서는 돼지기름에 볶는 것이 현실적으로 어렵다. 야채와 고기를 센 불에 볶다가 어느 정도 익으면 볶아둔 춘장을 넣어서 한데 섞어 골고루 저어준다. 그러면 짜장은 완성! 그다음엔 여기에 넣을 떡볶이용 떡을 준비해야 하는데, 프라이팬에 물을 반 컵 정도만 넣어주고 가열한 후 물이 끓어오를 즈음 떡을 넣어서 익히면서 볶아준다. 떡이 말랑말랑하게 익혀지면 채로 걸러내 수분을 조금 털어주고 미리 만들어둔 짜장에 넣어 섞으면 짜장떡볶이가 완성된다.

• 어묵탕은 시중에서 사온 어묵에 역시 시중에서 파는 시원하면서도 구수한 맛을 내는 가스오부시 육수를 사와서 끓이면 되는데, 여기에

취향에 따라 무와 대파, 고추 등을 넣어서 끓이면 된다. 얼큰하게 먹고 싶으면 고춧가루를, 시원하게 먹고 싶으면 고춧가루를 넣지 말고 숙주나물을 넣어도 좋다.

13. 닭발

　사람들이 술을 마시는 이유는 술의 종류만큼이나 다양한데, 특히 혼자서 술을 마시는 이유와 동기는 정말 제각각일 것이다. 그런데, 어떤 이유에서건 '혼술'을 하게 되는 이들에게는 배타적이라고 할 수 있는 심리적 지향이 발견된다. 이를테면, 이것은 부인하기 힘든 사실일 텐데, 수줍음을 잘 타고 낮을 가리는 품성을 가진 이들이 그렇지 않은 이들보다 혼술을 즐길 가능성이 크다. 여기에 해당하는 사람들은 예외 없이 타자와 일정한 거리를 확보할 때에 비로소 정서적 안정감을 느끼게 되는, 다른 사람들에게는 쉽게 설명할 수 없는 그런 외진 경험을 갖고 있다.

이런 관점에서 보면 혼술은 상당히 과격하고 적극적인 자기 소외의 실행 방식이라고도 할 수 있을 것이다. 그렇다면 이런 자기 소외를 통해 그 사람이 얻을 수 있는 것은 무엇일까.

사회관계망이 촘촘한 우리나라에서는, 교류를 통해 유력한 인적 네트워크를 구축하는 것이 사회생활을 하는 데 필수적인 것으로 받아들여진다. 한국 사회의 유별난 술자리 문화는 이런 사회적 분위기를 일정 정도 반영한다. 술이라는 매개를 통해서 일거에 서먹서먹하거나 어색한 이성의 치장을 벗어버리고 '호형호제'하며 친분을 맺고 우호 세력을 만드는 것이다.

그런데 혼술은 이런 사회적 행위를 스스로 삼가는 것이다. 그러면서 일종의 '페널티'를 감수하는 일이다. 무수한 이해관계가 교환되는 교류의 장에서 스스로 이탈하는 것이기 때문이다. 그런데 그렇게까지 하면서 혼술을 할 만한 가치가 있는 것일까.

나는 혼술을 개인주의자가 가진 고유한 습속 중 하나

라고 판단하고 있다. 개인주의자는, 사회가 권장하는 전체주의적 제도와 질서에 늘 의문을 제기하는 존재라고 할 수 있다. 이런 개인주의자에겐 무엇보다 독립적인 체험이 필요하다. 하나의 개별적 주체로서 하는 절대적인 사색과 성찰이라는 체험 말이다. 그런데 한국 사회는 조밀하고 시끄러워서 그런 사색과 성찰을 실천하는 게 매우 어렵다. 나는 오래전부터 이런 조건일수록 중요하게 요구되는 개념이 '권태'라고 생각해왔다. 지금에서야 드는 생각이지만 권태는 인격이 비활성화되어 있는 상태가 어느 시간 이상 지속되거나 동일한 패턴으로 반복되는 경우를 가리키는 것 같다. 인격이 비활성화되어 있는 상태란 감정과 욕망이 휴면에 든 것으로 타자를 소유하고 싶은 욕망이나 세계로 나아가고 싶은 요구가 내면에서 주어지지 않는 상태를 가리킨다. 그러니까 권태는 자신을, 소유와 해방 같은 욕망이 활성화된 세계의 질서와의 단절 또는 분리하는 개념이기도 하다. 이것이 사실이라면 권태는 그냥 주어지는 것이라기보다는 능동적이고 역동적인 의지에 의해 실천되는 것이라는 추정도 가능하다. 혼술은, 논리적 비약이라고 여겨도 할 수 없지만, 이 권태를 일상에서 감각화하는 것이라고 할 수 있다. 개인주의자들은 혼술을 통해서 권태를 비로소 내면화하고 세속공동체의 분진을 씻어내는 것이다.

자화자찬하려고 내가 혼술에 이렇게 거창한 의미를 부여하는 것은 아니다. 혼술을 쾌락을 수반하는 소비로서만 받아들이는 것은, 그 사람의 삶의 건전성을 위해서도 바람직한 일이 아니다. 혼술은 이성과 상상력, 감수성이 동원되는 고도의 사색, 성찰 행위로서도 아주 훌륭한 기능을 할 수 있다는 것을 말하고 싶었을 뿐이다.

이날의 혼술상에 올린 메뉴는 닭발이다. 일반 슈퍼에서 가공 후 냉동식품으로 파는 닭발을 사와서 나만의 레시피로 조리를 한 것이다. 닭발 가공 회사에서 발톱은 물론 뼈까지 완전히 분리한 상태에서 제품으로 내놓기 때문에, 집에서 조리를 하는 데 아무런 불편이 없다. 만약, 이렇게 가공된 상태의 상품이 출시되지 않았다면, 닭발을 가정집에서 조리한다는 건 언감생심이었을 것이다. 식재료로서의 닭발의 원형태에 대해 일반적으로 호감을 갖기는 어렵기 때문이다.

닭발이 내 기억 속에서 유난한 자리를 차지하고 있

는 건, 아버지가 내게 처음 술을 사줬을 때 술상 위에 있던 안주가 바로 닭발이었기 때문이다. 대학에 들어간 내가 곧잘 술을 마신다는 걸 알게 된 아버지가 아들의 음주벽을 현실로 받아들이셨는지 어느 날 나를 시내로 불러내는 것이다. 아버지가 오라는 데로 가봤더니, 붉은 백열등이 켜진 실내 포장마차였다. 거기서 아버지가 주모에게 시킨 안주가 닭발볶음이었다. 그때까지 내가 먹어본, 닭을 주재료로 만든 음식은 집에서 어머니가 해주신 백숙과 삼계탕, 그리고 가끔 아버지가 사다 주신 통닭이 전부였다. 그래서 그날 닭발만을 별개의 식재료로 만든 닭발볶음이라는 요리를 처음 보았을 때 적잖이 놀랍고 신기했다. 진짜 말로만 듣던 닭발볶음이 눈 앞에 놓인 것이다. 닭발볶음은 칼로 다진 후에 고추장을 베이스로 하는 양념과 함께 센 불에 볶은 것이기 때문에 육안상으로는 닭발의 형태를 갖추고 있지는 않았다. 그래서 내가 아버지에게 "이게 닭발이라구요?"라고 물었던 기억이 있다. 맛은 질긴 고무를 씹는 맛이었는데, 여러 번 씹으니 감칠맛이 났다. 그날 아버지와의 첫 술자리에서 오고 간 이야기는 기억에 남아 있지 않다. 다만, 쓴 소주잔을 꿀꺽꿀꺽 잘도 넘기던 내 모습을 만감이 교차한 표정으로 바라보던 아버지의 눈빛만은 기억 속에 있다.

할아버지의 둘째 부인 소생으로 어려서부터 갖은 고생을 하면서 자란, 어지간히 술을 좋아했던 아버지는, 술 때문에 얻은 병으로 많지 않은 나이에 돌아가셨다. 그의 아들인 나도 애주가가 되어 지금 술에 대한 책까지 쓰고 있으니, 나 역시 만감이 교차한다. 아버지와의 첫술자리에서 맛보았던 닭발볶음을, 내가 손수 만들어서 술을 마시는 지경이라니.

음식재료로서의 닭발을 설명한 백과사전을 보면 외견에서도 보이듯 살근육이 거의 없는 부위로 극미량의 근육과 뼈, 껍질로만 이루어진 부위라고 정의하고 있다. 이런 특성 때문에 먹을 게 별로 없지만 그럼에도 고대부터 식재료로 이용되어왔다. 다만 닭고기에서 맛을 내는 중요 부위인 껍질의 비중이 높은 부위이기도 하므로 직접 섭취보다는 육수 제조용으로만 쓰는 경우도 있다고 한다. 아시아 문명권은 닭발 자체를 먹는 것을 선호하고 유럽 문명권은 육수용으로 선호한다는 것이다.

앞에서 잠깐 얘기했지만 원형태의 다소 징그러운 느

낌을 주는 데다가 비늘이 있고, 발가락 모양과 껍질의 질감이 혐오스러워서 닭발로 만든 음식 자체를 꺼리는 사람도 꽤 많다. 나도 사실은 그리 즐기는 편은 아니다. 특히 통으로 조리한, 닭발 모양이 그대로 남아 있는 음식은 먹어보지도 않았고 앞으로도 먹을 생각은 없다. 닭발 요리가 대중화된 것은 뼈없는 닭발이 가공식품으로 시판된 이후라고 보는 게 맞다.

레시피 또는 연금술

• 닭발을 구하는 건 전혀 어렵지 않다. 육계가공회사에서 가정에서도 닭발 요리를 만들어 먹을 수 있도록 깨끗하게 손질한 냉동 닭발을 출시해놓았으니까. 그걸 사놓고 냉동실에 보관하면서 생각날 때마다 조금씩 꺼내 만들어 먹으면 좋다. 먼저 닭발을 물에 넣고 해동한 후 물기를 제거하고 식용유를 두른 프라이팬에 넣고 볶는다. 이때 닭발은 뼈를 제거한 닭발을 쓰는 게 좋은데, 먹을 때 훨씬 식감이 깔끔하면서도 조리 시에도 용이하기 때문이다. 닭발을 볶기에 앞서 양념장을 만들어두는 게 좋은데, 닭발 요리의 백미는 역시 매운 맛이다. 양념장은 황태 양념장을 만드는 것과 비슷한데 좀더 되게 해야 한다. 고추장, 고춧가루, 다진 마늘, 다진 양파, 요리당, 매실 엑기스 등을 섞어서 만든다. 여기에 불맛이 나는 특별한 소스를 가미해줘도 좋다. 불맛을 내는 소스가 있냐고? 물론 있다. 시중의 대형 마트 조미료 코스에 가서 찾아보시라.

14. 가오리날개찜

너무나 당연한 얘기지만 나는 술을 좋아한다. 그래서 지금 이렇게 혼술에 대한 글도 쓰고 있는 것이겠지.

청록파의 일인이며 「승무」의 시인으로 알려진 동탁 조지훈도 어지간히 술을 즐겼던 사람이다. 그는 주도의 품계까지 만들어놓았는데, 모두 18등급이 있다.

아래 순서부터 소개하면, 부주不酒, 술을 아주 못 먹진 않으나 안 먹는 사람9급, 외주畏酒, 술을 마시긴 마시나 술을 겁내는 사람8급, 민주憫酒, 마실 줄도 알고 겁내지도 않으나 취하는 것을 민망하게 여기는 사람7급, 은주隱酒, 마실 줄도 알고 겁내지도 않고 취할 줄도 알지만 돈이 아쉬워서 혼자 숨어 마시는 사람6급, 상주商酒, 마실 줄 알고 좋아도 하면서 무슨 이익이 있을 때만 술을 마시는 사람 5급, 색주色酒, 성생활을 위하여 술을 마시는 사람4급, 수주 睡酒, 잠이 안 와서 술을 마시는 사람3급, 반주飯酒, 밥맛을 돋우기 위해 술을 마시는 사람2급, 학주學酒, 술의 진경眞境을 배우는 사람이고 주졸酒卒이라고도 한다1급.

여기에까지 이르러 한 단계 더 올라가면 이때부터는 단이 붙는다. 역시 아래 순서부터 소개해보자면, 1단은 애주愛酒 차원에서 술을 취미로 맛보는 사람을 이르는데, 주도酒道라 부르고, 2단은 기주嗜酒라고 술의 진미에 반한 사람을 가리키고 주객酒客이라 부르며, 3단은 탐주耽酒의 단계로 술의 진경眞境을 체득한 사람을 이르는데 주호酒豪라 부르고 4단은 폭주暴酒로서 주도酒道를 수련하는 사람을 가리키며 주광酒狂이라 부르고 5단은 장주長酒라 해서 주도 삼매三昧에 든 사람을 이르는데 신선 仙자를 붙여 주선酒仙이라고 칭하고, 6단은 석주惜酒라고 술을 아끼고 인정을 아끼는 사람을 가리키는데 주현酒賢이라 부르고, 7단은 낙주樂酒라 해서 마셔도 그만, 안 마셔도 그만 술과 더불어 유유자적하는 사람인데, 주성酒聖이라 부르고, 8단은 관주觀酒라고 해서 술을 보고 즐거워하되 이미

마실 수 없는 사람을 이르는데 주종酒宗이라 부르고, 9단은 폐주廢酒라 해서 술로 인해 다른 세상으로 떠나게 된 사람, 즉 열반주涅槃酒라 부른다.

이 품계에 의하면 나는 7급 '민주憫酒'와 6급 '은주隱酒'를 거쳐, 1급 술의 진경眞境을 배우는 주졸酒卒의 단계까지는 와 있는 것 같다.

취하는 것을 민망하게 여기면서도 나는 술을 마시면 두 번 중에 한 번은 취하도록 마신다. 그래야 세속의 정신과 영혼이 표백되기 때문이다.

취함으로써 세속에 전 정신과 영혼의 표백을 도모한다고 방금 말했는데, 내가 술을 마시는 이유를 좀더 구체적으로 얘기하면, 일상생활에서 받은 스트레스와 과도한 자기 검열 등으로 경화되고 피로해진 심신을 위로하고 나쁜 기억들을 일시에 해소하는 것이 내가 술을 마시는 의도이다. 술을 마시면 사고가 유연해져서 수많은 영감과 아이디어가 떠오르기도 한다. 술을 마셨을 때 좋은 건 이 정도다. 그 외 모든 것이 나쁘다고 할 수 있다.

우선 돈이 들어가고, 시간을 많이 빼앗기며, 아침에 일어날 때 괴롭고, 소화불량과 두통이 따라붙는다. 물론 몸과 정신도 상하기 마련이다. 내가 기대했던 신선한 영감 대신에 난삽한 상상들이 끼어들어 내 의식을 지배할 때의 씁쓸함도 못 봐줄 노릇이다.

그럼에도 술을 계속 가까이 하는 이유는, 술을 대체할 마땅한 대상을 찾지 못했기 때문이다. 내가 술만큼이나 좋아하는 게 산책, 산보인데, 그것 역시 술이 내게 안겨주는 어떤 극적인 위로와 영감을 주지는 못한다. 산책이 안겨주는 각성이나 인사이트는 술을 마시면서 얻는 그것과는 성격이 사뭇 다르다.

혼술상에 참으로 다양한 메뉴를 올렸지만, 가오리찜을 올렸을 때, 아, 내가 또 한 단계 진화했다는 느낌과 함께 뿌듯함을 느꼈다. 왜냐하면 가오리찜과 나의 정서적 거리는 그만큼 먼 것이었기 때문이다. 충남 내륙의 산골 출신인 내가 가오리찜을 처음 먹어본 것은 아무리 빨리 잡아도 30대 초중반에 이르러서였을 것이다. 일이 있어 광주 지역 어느 식당에 갔더니 백반 반찬으로 가오리찜이 올라온 것이었다. 무슨 맛일까 궁금해 젓가락으로 살점을 집어 먹어보니, 그 특유의 향과 맛이 정말 내 입맛을 사로

잡았다. 이렇게 비범한 음식을 이제야 먹다니, 하는 대상을 찾을 수 없는 원망까지 생길 정도였으니까.

아무려나 가오리찜은 보통 사람들에게도 바닷가 어촌에 갔을 때나 먹을 수 있는 음식, 정다운 어촌의 허리 굽은 할머니가 해주는 음식 정도로 그려지는 음식일 테다. 그런데, 그런 음식을, 내가 겁도 없이 할 생각을 다했던 것은, 견물생심이라고, 내가 자주 산책을 가는 시장 골목 어물전에 늘 가오리찜을 내놓고 팔고 있었기 때문이다.

지나갈 때마다 그것이 눈에 들어왔는데, 좀처럼 요리를 해볼 생각을 못하고 있다가, 어물전 할머니에게 어느 날 결국 이렇게 말을 건넸던 것이다.

"이거 홍어 맞죠? 삭힌 건가요?"

그러자 할머니가 좀 우습다는 표정으로 살짝 미소를 짓더니,

"이거 가오리여. 가오리. 날개살."

이러는 것이다. 그러면서 덧붙이는 말씀이 "솥에 쪄서 양념간장에 찍어 먹으면 아주 맛이 좋아." 이러시는 것. 그래서 그날 과감히 난생처음으로 가오리를 사와서 솥에 쳐본 것이다. 미나리와 콩나물도 얹히고. 그랬더니 정말 스스로 감탄할 정도로 완성도가 높은 가오리찜이

나온 것.

가오리가 가오리라 불리게 된 기원은 알 수 없다고 한
다. 순우리말인 것은 맞는데 언제부터 그렇게 불리게 된
건지도 정확한 기록이 없다. 가오리는 넓은 날개로 중심
을 잡으며 바다 밑바닥에서 생활하는데, 바위나 뻘, 모래
속에 숨어 있는 작은 갑각류를 먹고 살아간다. 이러다 보
니 낮은 바닥 생활에 익숙해져서 지금처럼 납작한 형태
로 진화했다고 보는 설이 대세이다. 이 때문에 가오리를
잡으려면 바다 밑바닥까지 쓸어 담는 저인망을 사용한다
고 한다. 특이하게도 민물에만 서식하는 종들도 존재한
다. 참고로 '간자미' 또는 '간재미'는 가오리 새끼를 가리
킨다.

가오리는 홍어와는 달리 삭혀 먹는 경우는 거의 없는
데, 그 이유는 삭혀도 홍어만큼 강한 맛이 나오지 않기
때문이라고 한다. 간혹 뷔페 음식점에 가면 가오리무침
을 홍어무침이라고 둔갑시켜 차려놓은 곳도 있는데, 그
만큼 가오리와 홍어는 닮아도 참 많이 닮았다.

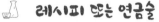# 레시피 또는 연금술

• 가오리는 주로 재래시장에서 판매를 하고 일반 마트에서는 찾기 힘들다. 시장에서는 주로 적당한 크기로 잘라서 냉동해서 판매를 하는데, 가격은 생각보다 상당히 저렴한 편이다. 먼저 사온 가오리를 흐르는 물에 깨끗이 씻고 해동한 후 찜기에 올린다. 가오리를 사올 때 소금간이 어느 정도 되어 있는지를 묻고 그에 따라 찜기에 올릴 때 소금을 쳐줘도 되는데, 어차피 쪄진 가오리살은 양념간장에 찍어 먹기 때문에 가오리 자체의 간을 크게 신경 쓰지 않아도 된다. 가오리를 찌다가 살이 익었다 싶을 즈음에 준비한 콩나물과 미나리를 가오리 위에 올려서 마저 찐다. 다른 채소를 넣을 수도 있지만 가오리찜에는 콩나물과 미나리만한 것이 없다. 쫄깃한 가오리살의 식감과 아삭아삭한 콩나물과 미나리의 식감이 천상의 조화를 이루기 때문이다. 이때 채소를 처음부터 가오리와 같이 찜기에 넣고 찌면 숨이 너무 많이 죽고 영양소도 파괴된다. 반드시 가오리를 먼저 충분히 찐 후에 미나리와 콩나물을 그 위에 올려야 한다.

• 양념장은 간장, 고춧가루, 식초, 맛술, 생수, 설탕, 후추, 생강가루 등을 배합해서 만들면 된다. 양념장에 청양고추와 양파를 썰어 넣어도 좋다.

15. 묵은지고등어찜

지난 10년 동안 혼술이 내 음주 라이프의 중요한 습속 같은 게 되니까 언젠가부터는 내 주변 사람들도 그걸 인정하고 존중해주는 분위기다. 고마운 일이 아닐 수 없다.

혼술을 즐기게 되면서 내게 생긴 버릇이 하나 있는데, 술 약속이 잡혀서 친한 사람들과 격의 없이 술을 마시게 돼도 꼭 마무리는 집에 와서 혼자 술을 마시는 것으로 맺는다는 것이다. 혼술을 즐기기 전에는 밖에서 내가 원하는 정도의 취기에 오를 때까지 실컷 마시고 집에 와서는 씻고 자기 바빴다. 그런데, 혼술의 묘미를 알고 나서는 밖에서 아무리 막역한 이들과 즐겁게 술을 마셔도, 술꾼들 언어로 "꼭지가 돌 때까지" 마시는 법은 거의 없고, 집에 와서 의식을 치르듯 혼술로 미진했던, 사실은 일부러 채우지 않은 채 남겨둔 주량을 보충하고는 한다.

이런 일이 있었다. 수년 전의 일인데, 동료 문인의 어머님이 돌아가셔서 병원 장례식장에 가서 조문을 한 적이 있다.

조문을 마치고 식사를 하는 자리에 가보니 친분이 있는 선배 소설가와 시인들이 한 상을 차지하고 있어서 거기에 끼어서 나도 술 몇 잔을 마셨다. 오랜만에 본 얼굴들이어서 그 자리의 대화도 재미있었고 화기애애했다. 장례식장에서 제공하는 것이니, 술과 안주는 무한대로 준비되어 있었다. 누구도 술값 부담을 가질 필요가 없는 자리였다. 실제로 장례식장 식당에서 고스톱을 치는 둥 마는 둥 하면서 밤새 술을 마시는 사람도 적잖게 있다. 그런데, 이상하게 어느 순간부터 나는 빨리 그 자리를 벗어나 집에 가서 나만의 혼술 의식을 치르고 싶다는, 물리치기 힘든 욕망에 사로잡혔다. 같이 있는 사람들이 내가 좋아하는 선배들이고, 그들 역시 내게 매우 호의적이었는데도 그랬다. 알 수 없게도 그 자리가 술을 통해 내가

가닿고자 하는, 내 탐미적이고 자율적인 지평에 도달하는 것을 방해하고 있다고 느꼈기 때문이다. 장례식장이라는, 다소 의장적이고 고답적이고 침울한 분위기로부터 내가 어떤 구속력을 느끼고 있는지도 몰랐다.

그래서 나는 그 자리의 좌장격인 선배에게 급히 집안일로 볼 일이 있다는 말씀을 핑계를 대고 그 자리에서 벗어났다. 일행들이 좀더 마시고 가라고 아쉽다고 붙잡았는데도 나는 단호하게 일어났다. 그런데 그 자리에 있던, 친한 선배 하나가 담배를 피겠다며 나를 따라 나오면서 내 엉덩이를 치면서 이렇게 말하는 것이었다.

"다른 사람은 몰라도 나는 안다. 너 지금 바로 집으로 가서 혼술 하려는 거지? 맛있게 마셔라."

아, 그 순간, 내 얼굴은 좀 붉어졌을 텐데, 미안한 마음이 드는 한편, 내 습속을 존중받는 기분이 들어 마음이 나쁘지 않았다.

고등어는 정말이지 국민 생선이다. 고등어에 맞설 수 있는 건 명태 정도일까. 고등어는 이 책의 앞부분에서 언급한 감자와 더불어 한국인이라면 가장 이른 나이에 맛보는 식재료 중 하나가 아닐까 싶다. 다시 말해 한국인

중에 고등어맛을 모르는 사람은 없을 거란 얘기다. 고등어의 졸깃하면서도 담백하면서 달고 구수한 특유의 맛은 식탁이나 술상에서 사람들의 사랑을 받기에 충분한 것이다. 그리고 가격은 또 얼마나 착한가. 한 손두 마리에 5~6천 원 정도니까 말이다. 그렇게 저렴함에도 고등어가 품고 있는 영양소는 실로 놀랍기까지 하다. 나 역시 고등어를 참 좋아하는데, 못해도 한 달에 대여섯 마리는 늘 섭식을 하는 것 같다. 내가 가장 선호하는 방식은 조림, 그리고 구이 순이다. 조림이든 구이든 훌륭한 술안주인데, 특히 소주와 청주, 막걸리에 어울린다.

예전에 홍대 산울림소극장 건너편에 고등어회를 전문으로 하는 횟집이 있었다. 그 집에서 처음으로 고등어회를 먹어본 적이 있는데, 지금까지 내가 먹어본 활어회 중 가장 맛있는 게 바로 고등어회였다. 그 집 수조에서 푸른 등을 번쩍이며 유영하던 활고등어를 구경하는 재미도 쏠쏠했다. 그런데 고등어는 성질이 급해 잡히자마자 죽는 것으로 유명하다. 그만큼 살아 있는 고등어를 소매점까지 운반하는 게 쉽지 않다는 것이고 이 때문에 고등어회는 값이 비싼 편이다.

사실 고등어를 가리키는 순우리말은 고도리였다고 한다. 이것을 기록할 때 한자어 高道魚, 高刀魚, 古刀魚 등으로 표기했는데, 이두와 달리 한자를 음독하게 되면서 발음이 약간 변화하여 현재의 고등어가 되었다는 것이다. 한자로는 高等魚로 쓸 것 같지만, 이런 어원 및 변천 과정 때문에 고등이란 음절에 별도의 한자표기는 없다고 한다.

재래시장 등에서는 고등어를 셀 때 '손'이라는 단어를 사용할 때가 있다. 1960년대 이전까지는 자주 쓰였지만, 차차 안 쓰이기 시작해서 현재는 나이 지긋한 어르신들이 생선을 파는 곳에서는 가끔 들을 수 있다. 백과사전에서 찾아보니 '손'이라는 단어는 생선의 포장 방식에서 유래했는데 생선은 바닥에 쌓아 놓으면 살이 물러서 아래쪽 생선은 금방 짓무르게 되고 순식간에 개미 등의 벌레들이 몰려들어서 판매할 수 없는 상태가 되기 때문에 반드시 벽이나 전문 걸이에 걸어 놓고 팔아야 했다. 그래서 생선을 걸어둘 수 있게끔 짚으로 끈을 만들어두었는데, 이런 식의 포장 단위를 고유한 어휘로 손이라고 했다는 것이다. 그런데 짚 끈의 묶는 법으로는 한 마리만 묶기가 수월치 않아 두 마리씩 묶었는데, 이때부터 한 손이 두 마리를 의미하게 되었다는 것이다.

한국 사람의 고등어 사랑과 소비량이 엄청나다 보니, 우리 어부들이 잡는 수확량으로는 공급이 부족해 근년부터는 노르웨이에서 잡히는 고등어가 대량 수입되었다. 나 역시 노르웨이 고등어를 여러 차례 사 먹었는데, 국산에 비해 씨알도 굵고 감칠맛도 크게 다를 게 없어 거부감이 없었다. 그러던 어느 날 노르웨이산 고등어를 사와서 구워 먹다가 영감이 떠올라, 노르웨이 고등어를 소재로 하는 시 한 편을 쓰기도 했는데, 그 시의 전문을 인용하면 다음과 같다.

누군가 오늘 저녁 노르웨이 고등어를 구워먹었다고 말했다. 노르웨이와 고등어는 사실 어울리지 않아. 노르웨이와 어울리는 건 침엽수림과 얼음벽 같은 말들, 그리고 거대한 일각고래와 털장화. 노르웨이와 고등어는 서로 어울리지 않는 말이므로 노르웨이 고등어가 어떤 고등어인지 생각하지 않는 것은 불가능하다. 불에 데인 손으로 딸기를 만지는 것만큼이나 말야. 노르웨이 고등어는 어떤 고등어일까. 노르웨이 사람이 잡은 고등어가 노르웨이 고등어일까. 아니면 노르웨이 사람이 노르웨이 앞바다에서 잡은 고등어를 노르웨이 고등어라고 하는 걸까. 그렇다면 한국 사람이 노르웨이에 가서 잡은 고등어는 노르웨이 고등어인가 한국 고등어인가. 노르웨이 어부가 한국의 바다에서 잡은 고등어는 노르웨이 고등어인가 아닌가. 이런 생각들 말이야. 노르웨이 고등어로부터 노르웨이 고등어까지는 너무 멀어서 노르웨이 고등어를 생각하지 않는 건 불가능하다. 북쪽으로 가는 길을 장악한 고등어의 자부심을 깡통에 처넣을 수 있다면.

　　　　　　　　　　　－ 자작 졸시 「노르웨이 고등어」 전문

　고등어는 비교 대상이 없는 감칠맛과 착한 가격 등 여러 면에서 사랑스러운 생선이지만, 비린내가 강해서 아예 못 먹을 정도로 싫어하는 이들도 있다. 생강이 고등어의 비린내를 잡아주는 데 도움이 되긴 하지만, 비린내라는 것도 사실은 실재로 감각되는 것이라기보다는 어떤 허구의 관념 속에서 존재하고 확장되는 것이니만큼, 고등어의 비린내에 한번 거부감을 느낀 사람은 그것을 회복하기가 쉽지 않다.

레시피 또는 연금술

• 먼저 '묵은지'의 개념을 분명히 짚고 넘어갈 필요가 있는데, 묵은지는 오랫동안 숙성되어 푹 익은 김장김치를 일컫는다고 백과사전에 기재되어 있다. 그런데, 사실 묵은지의 '지'는 절인 채소류 음식을 총칭하는 말이기 때문에 절도록 묵은 김치라는 뜻으로 확대해서 해석해도 큰 무리는 없을 것이다. 묵은지고등어찜은 이 묵은지의 맛이 80퍼센트 이상을 좌우한다. 그러니까 맛있는 묵은지가 있다면 도전해볼 만한 메뉴지만 없다면 포기하는 게 낫다. 먼저 묵은지를 냄비 밑바닥에 깔고, 여기에 청양고추와 무, 양파 등을 썰어서 다시 깔고, 맛술을 좀 넣어주고 묵은지 국물이 있다면 그것도 좀 넣고, 그 위에 깔끔하게 손질되어 포장된 생고등어를 올려서 한소끔 푹 쪄주면 된다. 묵은지의 진한 양념이 고등어에 잘 배어들도록 하는 게 관건이기에 고등어에 빗금으로 칼 선을 넣어주는 것도 좋다. 또 중요한 것이 불조절인데, 불을 너무 세게 하면 묵은지가 밑에서 타는 수가 있다. 처음엔 중불로 나중에는 약불로 해주는 게 좋다. 자글자글한 맛을 원한다면 생수를 조금 넣어주면 좋고, 단맛을 원한다면 기호에 따라 설탕을 넣어주면 된다.

16. 국물떡볶이와 오이피클

국물떡볶이라는 건, 내 상식으로 봤을 때 제법 변태스
러운 진화를 한 음식이다. 나는 앞에서 모든 음식은 살아
있는 유물이라는 말을 했는데, 음식은 진화를 한다는 측
면에서 그 풍속까지도 가늠할 수 있는 놀라운 문화적 증
물이라는 생각이 든다. 아무려나 떡볶이라는 이름은 어
폐가 있다. 엄밀히 말하면 볶이, 볶음이라는 형태를 가
진 음식에서는 국물이 나올 수 없는 것인데, 엄연히 '국
물'이라는 개념이 섞여 있기 때문이다. 볶는다는 것은 메
인이 되는 식재료 덩어리를 '걸쭉한' 소스에 섞어서 불을
가열하여 졸이는 것을 가리킨다. 여기에 어떻게 국물이

나올 수 있겠는가.

그런데, 수요가 있는 곳에 창조가 있다고, 아마도 떡볶이를 먹던 사람들의 입맛이 다양하고 까다로워지면서 국물을 먹고 싶은 요구가 생겼고, 그래서 여기에 자연스럽게 부응해서 만들어진 것이 국물떡볶이일 것이다. 처음에 누가 창안했는지는 모르지만 그 사람은 사람들의 욕망을 시인의 직관으로 읽어낸 것이라고도 할 수 있다. 그 덕분에 지금 국물떡볶이는 누구나가 즐겨 먹는 메뉴가 되지 않았는가.

백과사전에 떡볶이는 떡과 부재료를 양념에 볶거나 끓여서 먹는 한식으로 당당히 정의되어 있다. 어떤 조사에 의하면 떡볶이는 한국인이 좋아하는 한식 10위에 랭크된 바도 있으며 대중들이 사랑하는 정도로는 분식 중 최고봉이라 할 만하다. 길거리의 포장마차나 분식집에서 가장 널리 판매된다는 점에서 보면 진정한 의미의 서민 음식이라고 할 수 있다.그런 의미에서 순대와 어묵은 떡볶이의 분발에 늘 경각심을 가져야 한다 떡볶이는 남녀노소 계층 가리지 않고 잘 먹는 음식이지만, 그래도 어린이들과 10대들이 제일 좋아하는 음식일 것이다. 떡볶이의 빨간 양념을 입가에

발라보지 않고 어른이 된 사람은 없을 것이다.

여기서, 떡볶이를 만들어서 파시는 분, 또는 떡볶이를 즐겨 먹는 분들이 알면 뿌듯해할 정보를 하나 알려드리자면, 현재 여자골프 LPGA 세계 랭킹 1, 2위를 다투는 미국의 넬리 코다 선수, 도쿄올림픽 골프 종목에서 금메달을 따기도 했던 그 선수가 제일 좋아하는 한국 음식으로 꼽은 것이 바로 떡볶이다.

그런데, 떡볶이가 술안주로서도 훌륭하냐고 누가 묻는다면, 나는 사실 자신 있게 그렇다,고 말하기는 어렵다. 왜냐하면 떡볶이에는 어쩔 수 없이 떡과 라면, 어묵 같은 탄수화물 함유량이 많은 재료들이 들어 있어서 쉽게 포만감을 안겨주기 때문에 술맛을 돋는 매개로서 아주 잘 어울린다고 생각되진 않기 때문이다. 포만감은 술맛의 가장 강력한 적이다.

그럼에도 불구하고 혼술상이 가지고 있는 어떤 고전적인 낭만성을 생각할 때 떡볶이는 혼술상에 올랐을 때 그만의 아우라를 가질 수 있는 안주임에는 분명하다. 특히 여기에 국물이 가미됨으로써 라면이나 쫄면, 또는 당면 등을 가미할 수 있어 플레이팅에 따라서 비주얼로만 보면 정말 화려한 술상을 차려낼 수 있다. 경우에 따라서는 떡을 최소한 만큼만 넣고 삶은 달걀이나 야채를 많이 넣으면 탄수화물의 절대량을 줄일 수 있어 술안주로써 더 최적화될 수도 있다. 모든 음식의 형식과 내용을 상상하고 구성하는 것은 만드는 사람의 몫이다.

내가 떡볶이를 대할 때마다 한 가지 사소한 불만이 있는데, 그것은 명칭의 모호함에 대한 것이다. 앞에서도 잠깐 언급했지만 분명 우리가 분식집에서 접하는 떡볶이는 볶음 요리를 하는 데 쓰이는 철판을 사용할 뿐 정작 볶는다기보다는 고추장 베이스를 한 육수를 부어서 오히려 졸이거나 끓여 만드는 것이 일반적이다. 그런데 어떻게 명칭에 '볶이'가 붙을 수 있느냐 말이다. 언어의 기능 중에 정명은 아주 중요한 것인데, 떡볶이 같은 대중적인 음식을 이렇게 부정확하게 사용하는 건 분명 문제가 있어 보인다. 한식의 세계화를 염두에 두면 더욱더 그렇다.

물론 떡볶이라는 명칭의 유래에 대해서는 나름대로 유추하고 있는 바가 있다. 우리의 선조들이 처음 만들었던 떡볶이는 분명 볶음식 조리법을 사용했을 가능성이 크다. 궁중떡볶이라고 부르는 음식이 그 증물이 될 수 있다. 궁중떡볶이는 떡과 대파, 양파, 마늘, 소고기 등을 간장 베이스에 볶아서 만드는, 기름이 흐르는 음식이다. 그런데, 궁중이라는 말이 앞에 붙는 것처럼 대중들에게 친화적인 음식은 아니었다. 떡볶이가 궁중을 벗어나 저자에서 일반적인 서민들에게 전파되는 과정에서 떡볶이는 더 이상 볶아서는 만들 수 있는 음식이 아니었을 것이다. 더 복잡하고 시간도 더 소요되는 볶음식의 조리법으로는 일반 대중의 수요에 부응할 수 없었을 것이다. 그래서 아마도 분식집의 지혜로운 사장님들은 어느 날부터 졸이는 식으로 혹은 끓이는 식으로 떡볶이를 만들었을 것이다. 거기서 아예 국물을 특화한 것이 오늘날, 별미로 통하는 국물떡볶이가 아닐까. 물론 이것은 나의 추측이다.

떡볶이의 유래가 궁금해서 찾아보니 백과사전에 이와 같은 정보가 있다.

"대체로 떡찜에서 발전된 형태의 요리로 보고 있다. 일제강점기 시절에도 있었던 요리지만 전란 등을 거치며 현대의 떡볶이로 바뀌었다. 현대의 고추장 떡볶이는 1953년 신당동에서 원형이 만들어진 게 시초로, 남한 한

정 요리이다. 북한에서는 장마당에서 양꼬치나 속도전 떡, 옥수수 국수, 두부밥, 돼지고기 덮밥, 인조고기, 밥만두 등 여러 가지 군것질거리나 길거리 음식들을 팔기는 하고 일부 식당에서도 떡볶이를 취급하기도 하나 대중적인 음식은 아니다. 고추장 떡볶이는 신당동 떡볶이집으로 유명한 마복림 할머니가 처음 만들었다고 알려져 있다. 이분의 언론 인터뷰에 의하면 중국집에서 중국식 양념이 베인 떡요리를 대접받게 됐는데 이 음식이 맛은 좋은데 좀 느끼해서 칼칼한 양념이 더해지면 좋을 것 같다는 생각을 하게 되어 고추장으로 볶은 떡을 생각해냈고 1953년 신당동에서 노점상으로 떡볶이 장사를 시작했다. 처음에는 연탄불 위에 양은냄비를 올려놓고, 떡과 야채, 고추장, 춘장 등을 버무려 팔았다."

나는 이날 국물떡볶이와 함께 오이피클을 술상에 올렸다. 떡볶이의 텁텁하고 매운 뒷맛을 아삭하고 상큼한 오이피클이 완벽하게 잡아주기 때문이다. 오이피클은 이름도 참 예쁘고 비주얼도 참 매력적이다. 내가 정말 좋아하는 서브안주다. 마트에서 다양한 용량의 유리병에 담아서 팔기 때문에, 혼술을 즐기는 술꾼들은 하나씩 구비해 두었다가 각종 메인 안주에 곁들이면 훌륭한 서브 안주가 된다. 혼술러들에겐 필수적인 상비 안주인 셈이다. 상비 안주로 권하고 싶은 것엔 오이피클 외에도 삶은 메추리알, 절인 올리브, 마늘장아찌, 멸치 젓갈엔초비, 각종 견과류, 마른 멸치 등이 있다. 메인 안주가 아무리 풍성하고 화려해도, 그것만으로는 반드시 물릴 때가 있다. 혼술상을 차리는 술꾼의 상상력은 메인 안주를 돕는 서브 안주에까지도 능히 미쳐야 한다.

레시피 또는 연금술

• 먼저 양념을 만든다. 고추장, 고춧가루, 후춧가루, 양조간장, 올리고당에 다진 마늘, 양파, 호박, 대파 등 각종 채소를 썰어서 프라이팬에 한데 넣는다. 여기에 기호에 따라 멸치 다시, 가쓰오부시 다시 국물을 넣는다. 그리고 생수를 넉넉하게 넣고 끓인다. 물이 어느 정도 가열됐을 때 떡볶이용 떡을 넣는다. 떡이 익으면서 국물은 자연스럽게 졸아든다. 여기에 취향에 따라 어묵, 라면, 당면, 쫄면, 우동면 등을 넣어서 졸인다. 이 과정에서 국물이 확연하게 졸아들 수 있는데, 이때도 기호에 따라 생수를 보충해주면서 국물의 양을 조절할 수 있다.

17. 대전식 두부두루치기와 순두부찌개

　나는 내 생애 중 20대의 6년 정도를 대전에서 보냈다. 내 고향 금산과 차량으로 30분 정도 걸리는 대전은 금산 사람들에게는 '대처'로 불리는 곳이었다.

　대전에서 생활하게 되면서 내가 자연스럽게 접한 것이 대전식 두부두루치기다. 사실 처음 먹었을 때는 별다른 인상을 받을 수 없는, 참으로 평범하기 짝이 없는 음식으로 느껴졌는데, 신기하게도 며칠이 지나면 그 맛이 다시 기억나면서 입안에 침이 고이는 것이다. 그리고 그것은 너무나도 신기하게도 대전을 떠난 지 20여 년이 훨씬 지난 지금까지도 혀가 가지고 있는 어떤 원형의 기억처럼 나를 유혹하는 것이어서, 나는 자주 혼술상에 대전식 두부두루치기를 만들어 올리곤 했다. 두부두루치기는 만드는 그 과정부터가 내게는 추억으로의 시간여행이나 다름 없는 것이었다.

필립 솔레르스가 『도전』이라는 소설에서 "자신을 배반하고 부정할 수밖에 없는 청춘은 얼마나 슬픈 것인가"라고 말했던 20대. 모든 사람에게도 있었을 청춘의 시절이 나에게도 있었다. 그때, 나는 맹목적인 열정 하나로 문학에 빠진 채 세상 물정 모르고 현실의 질서를 부정하면서 하루하루를 살았던 것 같다. 주머니에 들어 있는 것이라곤 밑줄 쳐진 시집과 언제나 얇고 낡은 한두 장의 지폐뿐이었는데, 희미하고 매캐한 세상 때문에 매일 취하고는 싶어서 친구들과 자취방에서 두부두루치기를 자주 만들어 먹었다. 두부 한두 모 사고 대파와 양파 등을 사면 재료 준비는 끝났으니까.

양푼 그릇에 두부두루치기를 만들고, 자취방 바닥에 술상도 없이 술병과 함께 늘어놓고 소주를 마시면서 나는 얼마나 무모하면서도 치열하게 방황했던가. 세월은 흘러갔지만 그 시절 그 남루한 젊음의 서사는 잊을 수 없

고 두부두루치기는 내게 그 청춘을 분명하게 상기시키는 음식이다. 그런 의미에서 두부라는 식재료는, 작가로서 내 영혼의 근육을 만드는 데에도 큰 영향을 미쳤을 것이 틀림없다.

그런데, 왜 두부라는 보편적 식재료를 가지고 만드는 두부두루치기가 대전에서 유독 널리 사랑을 받게 되었을까. 나는 아직까지 그 이유에 대한 정설을 들은 바가 없다. 다만 추측은 할 수 있는데, 그것은 대전이라는 지정학적인 위치 때문에 그렇지 않을까 싶다. 대전은 농산물이나 수산물의 산지가 아니라 교통의 요점 도시로 일제의 의해 건설된 계획도시다. 경부선과 호남선이 교차하는 곳이 바로 대전 아니던가. 따라서 대전 사람들은 고유한 특산물을 가지고 그것을 음식으로 정형화할 수 있다는 생각 자체를 하지 않았을 것이다. 그 대신에 전국 어디에서나 만들어 먹는 두부를 가지고 가장 보편적인 형식의 음식을 만드는 것은 상당히 자연스러운 일이었을 것이다. 게다가 교통의 요지여서 과객들이 많이 머무는 곳이니, 객지에서 온 손님에게 내놓을 음식으로, 호불호의 차이가 가장 적은 식재료인, 대부분이 선호하는 두부를 가지고 메뉴를 개발하는 것이 수월했을 것이다. 아마 이런 이유로 두부두루치기가 대전의 지역 음식으로 자리 잡지 않았을까.

그런데 사실 대전의 두부두루치기는 그 조리법이 정형화되어 있지는 않다. 두부를 써는 방법에서부터 양념장을 만드는 법, 그리고 거기에 곁들여지는 첨가물과 야채의 종류도 식당마다 조금씩 다르다. 물론 그중에서도 공통적으로 적용되는 조리법을 정리할 수는 있다. 그것은 아래의 〈레시피 또는 연금술〉을 참고하시기 바란다.

두부두루치기의 가장 큰 매력은 뭐니 뭐니 해도 구하기 쉽고 저렴한 식재료인 두부를 쓴다는 데 있을 것이다. 모든 식재료는 당연히 호불호를 가지는데-예컨대 나는 오이를 못 먹는 사람이 있다는 것을 알고는 제법 놀란 적이 있다-두부라는 식재료를 싫어하는 사람은 아직까지 한번도 보지 못한 것 같다. 물론 어린아이 때는 밍밍하고 싱겁기만 한 두부를 좋아하지 않을 수 있다. 하지만 성장하는 과정에서 두부는 한국인이라면 떼려야 뗄 수 없는 식품으로 삶에 개입하게 된다. 미당 서정주는 삶의 8

할이 바람이었다고 하는데, 피지컬한 차원으로만 이야길 한다면 한국인의 생육에서 두부가 차지하는 비율은 아무리 못 잡아도 2할 정도는 되지 않을까 싶다. 그런 친절하고 착한 식재료에다 익숙한 양념으로 한국인들이 좋아하는 매콤한 맛으로 볶아내는데 조리법도 조금도 어렵지 않고, 음식의 완성도의 기복도 심하지 않아서 많은 이들에게 사랑을 받는 음식이 바로 두부두루치기다.

여기서 당연한 사실 하나를 상기하고 싶은데, 메인 식재료가 두부일 경우에 두부두루치기인 것이고 만약에 돼지고기가 메인 식재료라면 당연히 명칭은 돼지고기두루치기가 된다. 그렇다면 여기서 '두루치기'라는 말의 의미를 살펴보지 않을 수 없다.

두루치기는 흔히 두부나 돼지고기 같은 주재료에 고추장을 베이스로 한 양념과 야채를 첨가해 보울이나 프라이팬에 졸여낸 음식을 가리킨다. 그러면 사람들이 물을 것이다. 두부두루치기와 두부조림, 돼지고기두루치기와 제육볶음은 어떻게 다르냐고. 전적으로 내 생각을 말하자면, 두부조림은 말 그대로 두부에 양념을 입혀 졸여

내는 것으로 국물이 거의 없는 반면에 두부두루치기는 졸이기는 하지만 적지 않은 육수를 가미해 걸쭉하게나마 국물을 내는 것이 다른 점이다. 그러니까 졸임과 끓임의 중간 정도라고 보면 된다. 제육볶음과 돼지고기두루치기와의 차이에 대해서도 설명할 수 있는데, 제육볶음은 보통 고기를 양념에 재운 다음에 볶는 경우가 많은 반면 돼지고기두루치기는 주재료인 돼지고기를 두루치기 양념에 그대로 섞어서 졸이기 때문에 원재료의 맛이 상대적으로 더 살아 있는 편이라고 할 수 있다. 물론 국물의 양도 제육볶음보다 돼지고기두루치기가 많다. 그래서 많은 사람들이 두루치기를 먹을 때, 그 국물을 밥에 얹어서 비벼 먹기도 한다. 이마와 코 끝에 땀이 배게 하는, 그 맛은 아는 사람만 안다.

두부두루치기와 함께 올린 안주는 역시나 두부를 주재료로 삼은 순두부찌개다. 순두부는 콩물이 응고되었을 때 일부러 수분을 제거하지 않고 말랑말랑하게 만든 것이다. 영어로는 Silken tofu로 그 제조방식이 연두부와 비슷하다. 순두부찌개, 사실은 두부두루치기와 함께 술상에 올라와서 그렇지 그것 자체로도 메인 음식이 될 만한 충분한 자격을 갖춘 음식이다.

순두부찌개는 넓은 응용력을 가진 음식이어서 돼지고기나 소고기를 베이스로 할 수도 있고 해산물을 베이스로 할 수도 있다. 맑은 고추기름이 뜬 뜨거운 국물에 연하고 녹는 듯한 식감을 갖춘 순두부를 한술 떠서 먹는 맛이란. 아, 술이 절로 넘어갈 수밖에 없다.

레시피 또는 연금술

• 대전식 두부두루치기는 모든 음식이 다 그렇듯이 표준화와 계량화가 되어 있는 게 아니다. 식당마다 조금씩 차이가 있다. 양념에도 차이가 있고, 조리 방식에도 차이가 있고, 심지어는 두부를 써는 모양에도 차이가 있다. 하지만 내가 직접 먹어보고 제일 맛있다고 느낀, 대전식 두부두루치기는 고추장과 멸치와 대파의 조화다. 먼저 맛있게 숙성된 고추장과 고춧가루, 후춧가루, 요리당, 다진 마늘과 생수로 기본적인 육수 베이스를 만든다. 이것을 양푼이나 프라이팬에 자글자글 끓여준다. 여기에 마른 멸치를 듬뿍 넣는다. 멸치맛이 우러날 즈음 두부를 먹음직스럽게 썰어서 위에 깔아주고 뚜껑을 덮고 보글보글 끓인다. 마지막에 대파를 듬뿍 넣어서 2분 정도만 더 끓여 완성한다. 입맛과 기호에 따라 표고버섯이나 당근 같은 것을 가미할 수도 있다.

18. 부추전과 막걸리

혼술의 여러 즐거움 중에서 가장 강력한 것은 뭐니 뭐니 해도 메뉴의 선택권이 오로지 나 자신에게 있다는 것이 아닐까 싶다. 그것은 정말이지 부인하기 힘든 매력인데, 여럿이서 마시는 술자리의 형편을 생각해보면 내가 하는 말이 금방 실감할 것이다.

사람들의 입맛은 얼굴 생김새만큼이나 천차만별이다. 아무리 친밀하게 지내는 관계라도, 아니 애인이나 부부라도 입맛은 다를 수밖에 없다.물론 가족끼리는 식성이 닮아간다 그래서 친한 지인들이나 동료들과 술자리를 갖게 될 때 사람들은 제일 먼저 메뉴를 고르고 합의해야 하는 난관에 직면한다. 그런데 내가 좋아하는 것만을 고집할 수는 없다. 일행 중에는 연장자가 있을 수도 있고 직장 상사가 있을 수도 있으니까. 보통 이런 경우는 일행 중의 좌장이 권하는 메뉴와 술집을 받아들이고 그냥 따라가는 경우가 대부분이다. 그날의 술값을 내기로 한 사람의 의견이 존중되는 경우도 있다. 어디서나 물주는 발언권과 선택권이 주어지는 게 한국 사회니까. 그런데 혼술은 온전히 나만을 위한 안주를 고를 수 있는 무한대의 자유가 주어진다. 내 미각의 명령에 무조건 충실하게 따라도 아무도 뭐라고 할 사람이 없다. 그것은 무시할 수 없는 순정한 기쁨이다.

술상에 오르는 안주는 밥상에 오르는 반찬과는 달리, 지극히 감각적인 쾌감에 복무하면서 어떤 애틋한 심사마저 안겨준다. 밥과 찬이 성장과 생존에 필요한 필수적인 영양을 섭취하는 데 초점이 맞춰져 있는 반면 안주는 대개 술맛을 돋우거나 달래면서 정서적인 만족감을 안겨주는 데 초점이 맞춰진다. 그런 안주를 내 의사대로 정할 수 있다는 것은 타인들과 어울리는 술자리가 절대 보장하지 못하는 크나큰 기쁨이다.

부추는 정말 사랑스러운 식재료다. 아스파라거스목 수선화과 부추아과 부추속에 속하는 여러해살이풀인 부추는 재배가 가능해 연중 어느 때나 시장이나 마트에서 저렴한 가격에 구입할 수 있다. 보통 한 단에 3,000원 정도 하는데, 재미있는 것은 부추 한 단의 중량이 마트마다 묶는 사람마다 다르다는 것이다. 제 경험에 의하면 보통 600그램에서 1킬로그램 정도 하는 것 같다. 아무튼 양 대비 가격이 정말 저렴해서 가성비가 뛰어난 식재료라고 할 수 있다.

부추는 어디서든 뿌리를 잘 내리고 생육이 좋은데다 가 한 번 심으면 몇 년이고 잘라 먹을 수 있어서 재배 농가에서도 효자 노릇을 한다고 한다. 이 어찌 사랑스럽지 않을 수 있는가.

부추를 다 키우고 몇 년 지나면 세가 약해지는데, 뿌리줄기가 자라서 지나치게 촘촘해진 탓이니 뿌리줄기를 뽑아서 다시 심으면 된다. 원래 한반도에서 자라는 토종 부추는 매운 맛이 아주 강해서 불교에서 오신채로 정해 금기시하는 음식이기도 한데, 우리가 사 먹는 부추는 매운맛이 아주 약하다. 그것은 한국의 농가에서 재배되는 부추의 대부분이 일본을 원산으로 한 개량종이기 때문이다.

부추는 저렴한 가격에도 불구하고 풍부한 효능을 가진 것으로 알려져 있다. 우선 비타민과 무기질특히 칼륨이 많은 섬유소 덩어리여서 많이 먹어도 탈이 나지 않는 음식이다. 비타민 중에서는 비타민A와 C가 많아서 간 해독에도 도움이 되어 술꾼들에게도 좋은 음식이다. 그리고 베타카로틴의 항산화 성분이 다른 야채들보다 많이 들어 있어 세포 노화 예방에도 좋은 식재료로 알려져 있다. 이와 같은 특성 때문에 심혈관계의 영향을 많이 받는 정력에도 좋다고 알려져서 중국에서는 부추를 양기를 돋우는 풀이라는 뜻의 '기양초'라고 부르기도 했단다.

부추를 얘기할 때 빼놓을 수 없는 것이 지역마다 부추를 가리키는 용어다. 일단 부추의 표준어는 내가 계속 부추라고 쓰고 있듯이 부추. 충청도에서는 솔, 졸, 정구지 등으로 부르고 서남 지역에서는 솔, 소불 등으로 동남 지역에서는 정구지와 솔 등으로 영동 지역에서는 분추, 제주도에서는 새우리, 영남 지역에서는 정구지라고 부른다. 나도 이번에 자료 조사를 하면서 알게 된 것인데, 여기서 정구지精久持라는 이름은 한자어에서 유래된 표현으로 뜻을 풀면 정을 오래 유지시켜준다는 뜻인데, 앞에서 언급한 정력과 관계가 있는 명칭이다. 정구지에 그런 뜻이 있다니.

부추는 파랗고 쭉 뻗은 시원한 모양새 때문에 여러 음식에 푸른색을 내는 장식적인 구성품으로 애용된다. 부추가 부재료로 쓰인 음식 중 내가 제일 좋아하는 것이 바로 만두와 오이소박이다. 두부와 돼지고기 다짐육에 부추를 넣은 만두소는 원래 중국식 만두에 들어가는 것이라고 하는데, 김치와 부추를 제외하고는 만두소에 어울리는 다른 대체 재료를 나는 잘 알지 못한다. 오이소박이에 들어가는 부추 역시 오이의 상큼한 맛을 더욱 배가시켜준다. 숙성된 오이소박이에서 부추는 다소 물컹한 오이의 맛을 싱그럽게 잡아주는 역할도 한다. 만두와 오이소박이에서 자기 역할을 다 하는 부추를 보면, 부추야말로 대체 불가의 식재료라는 생각이 든다.

부추를 사용해서 집에서 만들어 먹는 음식 중 가장 대

표적인 것이 부추전일 것이다. 부추전은 비 오는 날 술꾼들이 파전과 함께 가장 많이 떠올리는 음식이라고 할 수 있다. 술꾼들에겐 일종의 소울푸드라고 할 수 있을 것이다. 특유의 향과 맛이 뛰어나 별다른 첨가물 없이 부추만 밀가루반죽에 섞어 기름을 두른 프라이팬에 부친 후, 양념간장에 찍어 먹는 맛은 상상만 해도 군침이 돌게 한다. 그 은은한 부추 향이라니.

부추전에 어울리는 건 뭐니 뭐니 해도 막걸리다. 사전에 의하면 막걸리는 한국 전통주의 한 종류. 소주, 맥주와 함께 한국에서 가장 흔하고 인기 있는 술 중의 하나라고 되어 있다. 쌀이나 밀가루로 밑술을 담가 거기서 청주淸酒를 걸러내고 남은 술지게미를 다시 체에 걸러낸 술로 양조주에 속한다. 맑은 청주에 비해 빛깔이 흐리다 해서 탁주濁酒라고도 한다. 진정한 술꾼은 청탁 불문이라는 말이 있는데, 이 말도 막걸리를 의식해서 나온 말일 터이다.

요즘은 막걸리도 고급화되는 추세이지만 이러나저러나 막걸리는 서민의 술이다. 다산 정약용의 《목민심서》에도 막걸리탁주가 소개되어 있는데, 이런 대목이 있다.

"흉년에 나라에서 금주령을 내렸을 때 어기는 백성이

나 양반이 있다면 잡아다가 엄하게 다루어야 한다…" "…
하지만 탁주는 요기도 되는 관계로 그냥 넘어간다…"

다산은 금주법 적용의 융통성을 이야기하면서 막걸리
에 대해서는 관대한 처분도 필요하다는 이야길 하는 것
이다. 그 시대 서민들은 막걸리를 통해 배고픔도 속이고
애환도 달랬을 터이다. 다산의 생각에 좋은 목민관이라
면 이 정도 사정은 헤아려야 한다고 보았던 것 같다.

 **레시피 또는 연금술**

• 부추전만큼 쉬운 요리는 또 없으리라. 음, 계란프라이 정도가 있으려나. 남자들도 얼마든지 부담 없이 준비해서 만들어 먹을 수 있는 게 부추전이다. 내가 혼술상을 차리기 위해 1년 내내 장을 보면서 느낀 것인데, 부추는 가지와 함께 가격 변동 폭이 가장 적은 채소 중에 하나다. 고추나 호박, 상추, 감자 등은 수확 시기에 따라 소비자 가격의 변동이 어느 정도 있는데 반해 부추는 연중 부담 없는 가격이 유지된다. 부추 역시 선도가 중요한데, 수분을 머금어서 탱탱하고 싱싱한 상태가 당연히 좋다. 마른 듯한 느낌, 늘어진 듯한 느낌이 드는 부추는 무조건 피하는 게 좋다. 신선한 부추를 사와서 흐르는 물에 잘 씻은 다음 각자의 취향대로 먹기 좋은 길이로 썬다. 내 경우는 4~5cm로 썰었는데 먹기도 좋고 보기도 좋았다. 여기에 밀가루나 부침가루, 또는 찹쌀가루 등을 섞어서 반죽을 한다. 취향에 따라서 호박이나 청양고추 등을 썰어서 넣는 것도 좋은데, 토핑에 해당하는 것들이 너무 과하게 들어가면 주재료인 부추의 풍미가 반감될 수 있으니, 적당히 넣는 것이 좋다. 반죽에 소금이나 양조간장으로 간을 해주는 것도 좋다.

• 부추전을 간장에 찍어 먹고 싶은 사람은 양조간장과 맛술, 식초를

배합하고 여기에 후춧가루를 넣는다. 여기에 잘게 썬 양파와 쪽파 등을 넣으면 간장의 향미가 더 좋아진다. .

19. 계란말이

혼자서 술을 마시는 것은 당연히 물리적인 행위를 수반한다. 술병을 들고 술잔에 따르고…. 하지만 혼술을 물리적인 차원으로만 바라보는 것은 혼술이 가지고 있는 풍성한 비의에 대해 지나치게 무관심한 것이다.

혼술은 물리적인 행동인 동시에 완벽하게 정서적인 행위다. 왜냐하면 혼술을 통해 술을 마시는 이는 자신의 전 생애를 상당히 인상적으로 반추하고 성찰할 수 있기 때문이다. 반추하고 성찰하는 힘을 돕고 응원하는 것. 혼술이 다른 사람들과 함께 마시는 술과 가장 다른 점이 바로 이것일 테다. 다른 사람과 함께 마시는 술자리에서는 자신의 생애를 돌아보는 것이 불가능하다. 취기나 감정의 고양 속에서 이뤄지는 다른 사람과의 술자리에서 감각적인 자극이나 정보를 얻기도 할 테지만 자신을 오롯하게 관찰하는 것은 불가능한 일이다. 만약 타인과의 술자리에서 자신에게만 집중한다면 그는 훌륭한 술친구가 될 수 없을 것이다. 여러 사람이 모이는 술자리에서는 최선을 다해 대화에 참여하고 술자리의 분위기를 해치지 말아야 할 의무가 주어진다.

한 사람이 자신의 생애를 돌아볼 때 그 매개가 되는 것은 여러 가지가 있을 수 있다. 다양한 사물과 음식도 당연히 한 사람의 삶을 구성하는 요소로서 좋은 매개가 될 수 있다. 이제 이야기하려는 계란말이 또한 한 개인이 자신의 삶을 돌아볼 때 구체적인 영상을 그 사람의 뇌리 속에 떠오르게 하는, 그러니까 상당히 효율적인 영상신호가 되는 음식 중 하나다.

계란말이는 보통 소품이라고 느끼기 쉽다. 계란이라는 보편적인 재료에 소금을 치고 쪽파나 당근 등을 잘게 썰어서 섞어서 프라이팬에 부치는 음식이니까. 하지만 계란말이는 소품 이상의 정서적 각성제로서의 지위를 가

지는 음식이다. 한국에서 태어나 자란 모든 사람은 저마다 비슷하면서도 다른 계란말이를 먹으면서 일종의 통과의례를 치른다. 계란말이는 학창시절에는 가장 빈번하게 도시락 통에 들어가는 반찬이었고, 성인이 된 이후 술집에서는 필수적으로 먹을 필요는 없지만 또 주문을 안 하면 아쉽기 짝이 없는, 이상하게 정서에 호소하는 메뉴로서 한국인의 자의식 한켠에 존재해왔다. 내 또래 세대라면 누구나 다 비슷한 기억이 있을 것이다. 비교적 부유한 집에 사는 친구들이 장조림이나 소시지부침, 그리고 계란말이 등을 도시락반찬으로 싸 오면 단무지나 김치 같은 상대적으로 볼품없는 반찬을 싸 온 아이들이 참으로 부러워하면서 군침을 흘리던 장면. 부유한 데다가 착하기까지 한 친구가 반찬 통을 개방하면 우르르 몰려들어 나눠 먹었던, 그 소박했던 우리들의 점심시간을.

계란말이는 남자 입장에서 말하면 참으로 수도 없이 먹어본 음식이면서도 직접 만들어본 적이 거의 없는 좀 이상한 음식이다. 남자들은 계란 가지고 할 수 있는 음식이란 보통 프라이 정도일 것이다. 아니면 라면 끓일 때 톡 깨서 넣거나. 계란말이는 그 형태가 상당히 중요한데,

대부분이 투박한 남자의 손으로 예쁜 모양이 나오게끔 계란을 만다는 것은 결코 쉬운 일이 아닐뿐더러, 요리에 백치인 남자들에게 계란말이는 손에 잡힐 듯 잡힐 듯하면서도 끝내 잡히지 않는 신기루 같은 로망 중 하나일 것이다. 나 역시도 수차례의 좌절 끝에 겨우 계란말이를 계란말이라고 말할 수 있을 정도로 만들 수 있게 되었다.

오드리 헵번이 주연한 1957년 영화 〈사브리나〉에서 타이틀롤 사브리나역을 맡은 헵번은 극중 프랑스 파리의 요리학교에 유학을 간다. 어느 날 그 학교의 교수가 수강생들에게 계란에 대해 설명하는데, 나는 그이의 말이 참 인상적이었다.

"계란은 돌도 아니고 나무토막도 아니에요. 살아 있는 생명이죠. 그러니까 껍데기를 깰 때 계란을 괴롭혀서는 안 돼요. 한 번에 탁 깨야 해요. 단두대처럼요!"

계란이라는 식재료를 그때까지 한 번도 생물이라고 생각해본 적이 없었던 내게 그 말은 머리를 찧는 듯한 충격으로 다가왔다. 물론 영화에서 생물이라고 말한 계란은 유정란을 가리키는 것이었을 텐데, 그 말을 듣고부터 계란을 대하는 내 태도가 좀 달라졌다. 좀더 신성해졌다고 할까.

사실 가정집 주방에서 다뤄지는 식재료 중 채소를 제외하면 생물을 다루게 되는 경우는 거의 없다. 요즘은 다양한 밀키트 제품들이 나와서 모든 식재료들이 깔끔하게 정리되어 계량화된 상태로 소비자들에게 제공된다. 요컨대 닭볶음탕, 동태탕 등도 포장만 뜯어서 물을 넣고 가열만 하면 요리가 되는 것이다. 이처럼 처음에는 살아 있는 생물이었던 수많은 식재료들이 1차 가공된 채로 소비자들에게 전해진다. 이는 사실 획기적인 변화이다. 나는 열 살 무렵 때까지도 우리집 마당을 뛰놀던 암탉을 외할아버지가 잡던 걸 직접 본 적이 있다. 비슷한 시기 회갑 잔치를 벌이던 옆집에서는 돼지 한 마리가 비명 속에 도축되었다. 그 이전에는 생물 식재료를 소비자가 직접 처리하는 경우가 더 많았을 것이다. 이런 걸 생각하면 계란이 생물이라는 인식은 확실히 전과는 새로운 윤리적 감각을 열어준다.

계란말이를 사전적으로 풀이하면 글자 그대로 계란을 얇게 부치면서 돌돌 말아 만든 요리다. 그 이름에 아무런 모호함이 없다. 볶아서 만들지 않고 졸이거나 끓여서 만드는 떡볶이라는 이름이 가지는 모호함에 대해서는 앞에서 얘기한 바 있다.

계란말이는 1800년대 말 음식 조리서인 『음식방문』에서 '계란 느르미'라는 이름으로 등장하는데, 음식 연구자들은 그것이 계란말이와 유사한 음식이라고 해석한다. 그러니까 우리 전통의 음식 목록에도 계란말이라고 부를 수 있는 것이 있었다는 것이다. 하지만 지금 우리가 먹는 계란말이는 일본의 '타마고야끼卵たまご焼き'가 변형된 것이라고 보는 것이 정확하다. 타마고야끼는 완성된 계란말이에 무 간 것을 올리는 특징을 가지는데, 계란물을 낼 때 멸치장국을 넣고 거기에 흔히 '가쓰오부시'라고 부르는 가다랑어포를 함께 섞고, 약간의 설탕을 넣어 단맛을 내는 것이다. 지금 일식 주점에 가면 맛볼 수 있는 대부분의 계란말이가 바로 이와 같은 조리법으로 만드는 '타마고야끼'다.

다마고야끼의 영향을 받았기는 했지만, 한국에서 계란말이는 고유한 방식으로 진화 또는 분화하였다. 보통 쪽파와 당근, 양파, 고추 등을 잘게 다져서 계란물과 섞고, 새우젓과 후춧가루로 간과 향을 내는 것이 한국식 계란말이의 대체적인 특징이다. 조금 더 고급화된 계란말이에는 김이나 깻잎 등 얇은 식재료를 말기 직전에 올려 함께 말거나 오믈렛처럼 계란에 햄이나 맛살, 소시지, 참치 등을 다져서 넣어 다소 두툼한 형태로 만드는 경우도 있다. 어쨌거나 계란말이는, 그 이름이 가지고 있는 형식에 따라 계란물을 익히면서 잘 마는 것이 중요한데, 이것이 쉬운 사람에게는 참 쉬운 일인데, 어려운 사람에게는 정말 어려운 일이기도 하다.

레시피 또는 연금술

• 계란을 깨뜨려 섞어줄 때 물이나 가쓰오부시 육수를 넣어주는 게 좋은데, 계란 한 개당 두 큰술 정도 넣고 소금간을 한다. 계란말이에 들어가는 계란의 숫자는 개인의 취향과 먹을 사람의 숫자에 따라 조절한다. 어지간한 대식가가 아니라면 세 개 정도면 충분한 안주가 될 만한 양인데, 사실 계란말이가 술상의 메인이 되는 경우는 많지 않으므로 양을 넉넉하게 할 필요는 없다. 프라이 팬에 기름을 두르고 달궈지면 섞은 계란물 전체의 3분의 1 가량만 팬에 붓는다. 충분히 익을 때까지 기다렸다가 한쪽 끝부터 팬 손잡이 쪽으로 접듯이 말고, 다 말면 프라이팬의 한쪽으로 밀어 놓는다. 남은 계란물 양의 절반 이하를 다시 팬의 빈 공간에 붓는다. 이때 말아 놓은 계란을 조금 들고 프라이팬을 기울여서 계란물이 그 아래로 흘러들어가게 하는 게 기술이다. 새로 부은 계란물이 익으면 먼저 말아놓은 계란을 다시 말아준다. 이런 과정을 계란물이 다 떨어질 때까지 반복한다. 다 말면 잠시 팬 가장자리에서 모양을 잡으며 속까지 익힌 후 접시로 옮기고, 한 김 식힌 후에 적당한 두께로 썬다.

20. 부대찌개와 멍게

벌써 20년 전 이야기다. 당시 재직 중이던 출판사에서 워크숍을 갔을 때, 나는 식사 당번이 되어 김치찌개를 끓이게 되었다. 거기에 나는 전날 먹다 남은 돼지고기와 햄 같은 걸 다 '때려' 넣어서 잡탕찌개 같은 것을 만들어야겠다고 생각했다. 어차피 처리하지 않으면 버리게 될 식재료들이었으니까 말이다. 그때 나는 그 찌개에 과감히 슬라이스 치즈 한 장을 넣었다. 그러고선 드디어 팀원들과 식사를 하게 되었는데, 찌개 맛을 본 팀원들로부터 온갖 원성을, 거의 10년 동안 들을 원성을 한꺼번에 들었다. 전날의 음주 숙취를 풀어줄 칼칼한 김치찌개 맛을 기대했던 그들은 치즈가 내는 구수한 풍미가 영 거슬렸던 모양이다. 내 입맛엔 아주 특별하고 매혹적인 맛이었으나, 그 시절만 해도 찌개에 치즈를 넣는 건 괴식 취미가 있는 사람들만의 모험이었던 것 같다. 치즈를 넣는 부대찌개가 아직 일반화되기 이전이었다 그러고 나서 몇 년 후 부대찌개 프랜차이즈가 곳곳에 들어서 그곳에 갔다가 찌개 안에 치즈 한 장이 놓여 있는 걸 맛보고는 만감이 교차했었다. 아, 내가 시대를 앞서갔구나. 이런 생각도 들었더랬다.

부대찌개라는 이름의 기원에 대해서는 어지간히 알고 있기 때문에 여기서 자세할 설명은 생략하기로 한다. 미군이 주둔했던 지역의 식당에서 잉여물로 나온 식재료들을 한데 넣어 끓인 것이 시초라는 데 다들 동의하고 있다. 음식의 구성을 구체적으로 이야기하자면 김치 양념 국물에, 눌러서 만든 햄과 소시지, 베이컨, 다짐육, 미국식 조림 콩 등을 주재료로 삼아 푹 끓여서 만드는 찌개라고 할 수 있다. 돼지고기나 소고기를 넣는 대신 미군 부대에서 대량으로 얻을 수 있는 햄과 소시지를 사용한 것이 특징이라면 특징이다. 그러니까 부대찌개는 역사적 배경으로 탄생한 혼종문화의 결과물이라고 볼 수 있다.

그래서 그런지 서양인들도 스튜처럼 부대찌개를 곧잘 먹는다.

그런데 여기서 한 가지 개인적인 의문을 가지는 게 있는데, 우리가 '섞어찌개'라고 부르는 음식과 부대찌개의 명확한 차이가 모호하다는 것이다. 섞어찌개 역시 그 이름처럼 고기와 야채 등 다양한 식재료를 섞어서 국물을 내어 먹는 것인데, 부대찌개의 구성과 별반 차이가 없다. 아, 부대찌개의 구성이 어느 정도 정형화되어 있다면 섞어찌개는 그때그때 준비된 재료를 넣어서 자의적인 변형이 가능하다는 게 차이라고 할 수 있을 것 같다. 따라서 섞어찌개가 좀더 사적인 영역에서 만들어 먹는 음식이라면, 부대찌개는 프랜차이즈 브랜드가 있을 만큼 상업적인 음식이 되었다.

참고로 외국에서는 한국음식 부대찌개를 표기할 때 'Korean Army Base Stew', 'Budaejjigae'라고 적는다. 영문 표기를 하는 음식점에서는 주로 'Spicy Sausage Stew'로 표기해놓는다. 부대찌개 역시 일종의 스튜에 해당한다고 이해되기 때문에 외국인들도 부대찌개를 그리 어려워하지 않는다. 내가 십수 년 전 미국에 몇 달 머물 당시에도

김치에, 현지에서 쉽게 구할 수 있는 소시지와 햄 등을 넣고 자주 만들어 먹으면서 한국 음식에 대한 향수를 어느 정도 달래기도 했다.

부대찌개는 맛으로도 영양학적으로도 흠잡을 데 없는 음식인 것이 분명한데, 아무래도 미군이 먹고 남은 식재료로 만들었다는 편견 때문에 일부러 꺼리는 사람들도 있다. 특히 경제적으로 빈곤한 시절을 겪은 노년층은 젊은 층에 비해 부대찌개를 상대적으로 즐기지 않는 것 같다. 그런데, 세계적으로 유명한 요리 중에도 잉여로 남겨진 식재료를 조리하면서 개발된 메뉴들이 제법 있다. 백과사전을 살펴보니 세계인들이 즐겨 먹는 프라이드치킨은 노예제도가 있던 시절 미국의 농장주들이 닭요리를 먹고 버린 닭 날개나 닭 다리를 흑인 노예들이 기름에 튀겨 먹은 게 시초라고 한다. '퍼'라는 베트남 음식은 원래 식민지 시절 프랑스인들이 포토푀pot-au-feu를 먹고 남은 국물에 베트남 사람들이 국수를 말아 먹은 게 시초란다. 이뿐 아니라 퐁뒤도 원래 먹고 남아 딱딱해진 치즈와 빵 조각을 처리하기 위한 음식이었고, 티라미수도 남은 커피와 과자를 재활용하려고 만들어진 음식이란다.

여기서 한 가지 교훈이 있다. 여러 가지 육체적 한계에도 불구하고 인간이 지구상에서 가장 지배적인 동물이 된 것은 이처럼 식재료의 재활용 능력 때문일 수도 있다는 것이다. 그러니까 식량의 효율적 사용과 분배가 가능했던 것이 인간 사회의 꾸준한 발전을 가능하게 했을 거라고 나는 추측한다.

부대찌개의 기원은 1950년대 한국전쟁 시기라고 보는 게 정설인데, 그때는 부대찌개에 지금은 당연히 들어가는 라면 사리를 넣지 않았다. 라면이 보급되기 전이었기 때문이다. 그런데, 1960년대에 라면이 개발되고 이것이 전국으로 보급되면서 가정에서 부족한 양을 늘리기 위해 부대찌개에 아예 라면을 넣어서 끓이기 시작했고 그 맛이 아주 훌륭해 이것이 보편적인 레시피로 자리 잡게 되었다. 이 또한 식재료의 재배치, 재활용을 한 사례라고 할 수 있겠다.

나는 술상을 차리던 날, 부대찌개와 함께 술상에 멍게를 올렸다. 멍게를 먹는 나라는 생각보다 훨씬 적어서 대략 한국, 일본, 프랑스, 칠레 정도라고 한다. 사실 나 역시

멍게 맛에 익숙해진 것이 얼마 되지 않는다. 그 진한 갯
냄새에 대한 호불호가 멍게에 대한 호불호로 연결된다고
할 수 있다.

멍게를 손질하는 법 간단하다. 백과사전에서 소개한
손질법을 그대로 인용하면, 멍게의 뿔 부분을 칼로 잘라
내고 밑동 부분도 칼로 잘라낸 뒤 배를 칼이나 가위로 가
른다. 그리고 주황색이 도는 속살을 떼어내듯이 꺼내어
갈라 펼친다. 안에 있는 검은 내장을 제거한 다음 크게 자
르거나 잘게 자르는 식으로 손질한다. 뿔 부분에도 약간
의 살이 남아 있고 취향에 따라 이것을 살살 씹거나 빨아
살을 빼 먹을 수 있으므로 버리지 않는 것이 일반적이다.

멍게를 손질한 뒤 그 껍질을 소주잔 삼아 술을 따라
마시는 사람들도 있는데, 그 재미와 운치가 아주 그만이
다. 우리가 식용으로 많이 먹는 멍게의 종류에는 꽃멍게
와 돌멍게 그리고 비단멍게홍멍게가 있다.

레시피 또는 연금술

• 부대찌개는 양념장이 의외로 중요하다. 워낙 여러 재료들이 한데 섞어서 끓이는 찌개여서 맛의 중심을 잡아줄 필요가 있기 때문이다. 양념장이 그 역할을 해야 한다. 시중 마트에서 부대찌개용 양념장을 시판하고 있긴 하지만 직접 만들어 놓으면 얼큰한 맛을 내는 여러 찌개나 국물 요리에 사용할 수 있으니 만드는 법을 알아놓는 것도 좋다. 먼저 고추장 2큰 스푼, 고춧가루 1큰 스푼, 간장 1큰 스푼, 다진 마늘 1큰 스푼, 굴소스 반큰 스푼, 설탕 1큰 스푼, 치킨 파우더 1큰 스푼을 넣고 잘 섞어서 양념장을 만든다. 베이컨, 햄, 소시지, 어묵, 두부, 파, 고추, 양파, 김치를 먹기 좋은 크기로 썬다. 이때 소시지는 길게 썰고 김치는 가위로 썰어 준다. 썰어놓은 야채와 햄들을 냄비에 넣는다. 김치와 양념장도 함께 넣는다. 그리고 시판하는 육수를 내용물의 양에 맞게 넣는다. 육수가 없으면 쌀뜨물이나 사골국물을 넣어도 괜찮다. 국물이 끓으면 양념이 잘 섞이도록 젓는다. 그리고 라면 사리와 파, 고추를 넣는다. 사리는 취향에 따라 떡 같은 걸 넣어도 좋다. 라면이 다 익으면 치즈를 넣는다. 치즈가 녹으면 부대찌개가 완성된 것이다.

21. 전복구이와 오이소박이

나는 고1 때 짓궂으면서도 진지하기만 했던 문학 동아리 선배들이 따라주는 소주 맛을 잠깐 경험한 이후, 학생이라는 본분을 상기하면서 꾹 참고 있다가 스무 살 때부터, 정확히 말하면 대학 입학 시험을 치른 이후부터 내의도에 의해 술을 마시기 시작했다. 금기가 해제된 직후 마시는 그때의 술맛을 나는 지금도 잊을 수 없다. 그리고지금까지 특별한 절주나 금주 기간 없이 음주 생활을 이어오고 있다. 주력이 그러니까 자그마치…, 아 자랑이라고만은 할 수 없으니 생략.

참고로 내 주량을 밝히자면 나는 밖에서든 집에서든 술을 마시면 소주 기준 두 병 반에서 세 병 정도를 마신다. 뭐 타고난 주당들에 비하면 많은 양이라고는 할 수 없지만 아무튼 그 정도 마셔야 술을 마신 것 같은 생각이 든다. 나는 내가 원하는 취기에 도달하면 그 상황이 안겨주는 몽상이나 해방감을 즐기고는 그 이상의 술은 더 이상 마시지 않는다. 나에게 술은 담배와 게임과 마약 같은 인간의 허약한 의지에 침투해 그 삶의 이성을 중독시키는 인자들을 완벽하게 대체하는 가장 가성비 높은 기호품이다. 내가 담배와 게임과 마약에 아무런 관심이 없는 건, 술이면 그것들이 안겨주는 몽상에 훨씬 안전하게 입문하는 것이 충분하기 때문이다.

내가 살면서 가장 꾸준하게 먹어오고 있는 식재료는 두부와 김치와 돼지고기 같은 것이다. 저렴하면서도 구하기 쉽다는 공통점이 있다. 내가 좋아하는 술안주는 이처럼 보편적이고 평범한 것이다. 아무리 진미라고 해도 그것에 치르는 비용이 상당하고 또 구하기 어렵다면, 내가 사랑하는 기호품이 될 수 없다. 두부와 김치, 돼지고기는 그런 의미에서 술꾼으로서의 나의 미식성을 대표하

는 시그니처 같은 것이다. 나는 정말 이것들을 꾸준히 먹어왔다. 이런 섭식이 내 육신의 상태에 어떤 영향을 미쳤는지는 모르지만, 나는 아무런 불만 없이 이 평범한 음식들을 맛있게 먹었고 지금까지 건강을 유지하고 있다. 때문에 나는 두부와 김치와 돼지고기가 내게는 육체적인 차원에서나 정신적인 차원에서 최고의 힐링 음식이라는 믿음까지 있다. 가장 낮은 조건에서 가장 낮은 사람에게 다가가는 보약이라고 말이다.

그런데 전복이라니. 평범하고 보편적인 음식을 좋아하는 내 스타일을 감안하면 전복은 예전이나 지금이나 참 낯선 식재료다. 양식의 성공으로 전복이 널리 보급되었고 그 결과 그리 비싸지 않은 비용으로 전복을 사먹는 것이 가능해졌음에도 나는 전복을 그다지 좋아하지도 않고 먹지도 않는다. 내가 서민 코스프레를 하려는 게 아니고, 사람과 사람 사이도 그렇듯이 자주 보고 부대끼면서 정이 드는 것인데, 사람과 음식의 관계도 이와 똑같은 것이라고 생각한다. 언제 어디서나 자주 먹으면서 허기를 채우고 술맛을 돋던 음식에게 두터운 정이 쌓이는 것이지, 어쩌다가 먹는 음식에 대한 정이 간곡할 수는 없을 것이다. 전복을 양식하는 분들에게는 참 미안한 말이지만 전복과 정을 쌓으려는 노력이 부족했다.

전복은 생물분류법에 따르면 연체동물문 복족강 원시복족목 전복과 전복속에 속한 바다 생물이다. 자웅동체이며 난생으로 번식하고 자연산은 수심이 5~50m 되는 온대 지방의 깨끗한 바다의 암초 지역에서 흔히 잡힌다. 『자산어보』에서는 복어鰒魚라 하였다고 하고, 『본초강목』에서는 석결명이라 하였고 구공라9개의 구멍이 있는 조개라고도 쓴단다. 나도 그렇지만 많은 사람들이 조개의 일종으로 아는데, 사실 달팽이와 더 가깝다. 조개는 이매패강에 속하지만, 전복은 소라나 달팽이와 같은 복족강에 속하기 때문이라고.

사실 나와 친근하지가 않아서 그렇지 전복은 예나 지금이나 귀한 식재료다. 식당에서도 전복을 재료로 쓰는 요리는 대개 가장 값비싼 메인 요리 중 하나이다. 요리 재료로서의 가치는 물론이고 진주까지 생산해낸다. 그리고 껍데기는 가공되어 '자개'로 재탄생되어 각종 가공품의 재료로 쓰인다. 그야말로 살부터 껍데기까지 버릴 것

이 하나도 없는 귀한 생물인 셈이다. 다시마 같은 다양한 해조류를 먹고 자란 전복은 그 풍미와 식감이 모두 고유한 향취가 있어서 일품인 식재료로 특히 동아시아에서는 아주 오래전부터 식용해왔으며, 양식이 되기 전에는 수심이 제법 깊은 바다의 바닥에 달라붙어 있어 구하기도 까다로웠다고 한다. 전복의 조리법도 다양한데, 죽, 회, 찜, 탕, 구이로 쓰이며 가장 잘 알려진 식사용 음식으로는 전복죽이 유명하다. 내가 전복을 재료로 만든 요리 중에 먹어본 것은 중국 요리 전가복, 그리고 전복버터구이, 전복회, 전복죽, 그리고 해물탕에 들어간 전복이다.

백과사전에 따르면 중국에서는 전복을 말린 식재료를 건화乾貨라고 부르는데 이는 '마른 돈'이라는 의미란다. 실제로 과거에 화폐 대용으로 말린 전복을 사용했기 때문이다. 우리나라의 경우 건전복, 건해삼, 건표고의 이른바 3대 건화 중에서 해삼만 건조한 것을 불려 쓰고 전복이나 표고는 생으로 쓰는 경우가 더 많다.

전복과 함께 올린 오이소박이는 보통 오이가 많이 나는 여름에 만들어서 일주일 정도 숙성시켜 먹는 김치에 가까운 음식으로 숙성시키지 않고 먹는 오이무침과는 다른 음식이다. 개인적인 체험이지만, 내가 직접 오이소박이를 담갔는데, 그 맛까지 만족스러웠을 때, 나는 마음에 드는 소설을 탈고했을 때만큼 기쁨과 보람을 느꼈다.

레시피 또는 연금술

• **전복구이** : 전복구이 레시피는 전복을 패각과 잘 분리해서 정리해 주는 것이 제일 중요하다. 먼저 전복껍데기를 솔로 잘 문질러서 이물 질을 제거하고 흐르는 물에 씻는다. 전복을 패각에서 분리하는데, 이 때 숟가락을 전복의 입이 있는 쪽의 아랫부분에 넣어서 좌우로 돌려 가면서 해체하면 어렵지 않게 전복살이 껍질과 분리된다. 숟가락을 다른 방향에서 넣으면 훨씬 분리가 어렵다. 분리된 전복살에서 내장 과 이빨을 분리해준다. 이때 내장은 터지지 않게 조심해서 분리하고 따로 보관해서 전복죽 같은 걸 끓일 때 사용하면 좋다. 이빨이 있는 부위는 칼로 베어서 분리하는 게 효과적이다. 내장, 이빨 등을 분리 한 전복을 다시 흐르는 물에 씻고 물기를 제거한 다음 칼집을 내어준 다. 프라이팬에 버터를 올리고 가열한다. 취향에 따라 마늘을 슬라이 스로 잘라서 넣어주면 버터 향에 마늘 향이 배인다. 버터가 다 녹으면 칼집을 낸 전복을 팬에 올려서 노릇노릇하게 굽는다. 위와 아래를 몇 차례씩 뒤집어서 전복살에 골고루 버터 향이 배게 하는 것이 좋다.

• **오이소박이** : 오이는 갸름하고 곧고 씨가 적은 것으로 골라 소금으

로 겉을 문질러 씻어서 헹군다. 대략 5cm 길이로 토막을 내어 가운데 칼집을 넣는데, 삼각진 오이는 길게 3번, 둥근 것은 십자로 넣는다. 부추는 깨끗이 다듬어서 흐르는 물에 줄기 쪽을 양손으로 모아 잡고 비비면서 씻어 낸다. 소금물 끓여 식힌 다음 칼집 넣은 오이를 잠기도록 두어 1~2시간 정도 절인다. 부추는 1cm 폭으로 송송 썰고 파, 마늘, 생강은 곱게 다진다. 오이의 양끝을 눌러서 칼집 사이가 쉽게 벌어질 정도로 절여지면 소쿠리에 쏟아 물기를 뺀다. 빨리 하려면 마른 행주로 하나씩 싸서 물을 뺀다. 고춧가루에 물 3큰술을 넣고 불린 후 부추, 준비한 양념, 소금, 설탕을 넣고 버무린다. 오이의 칼집 사이에 소 양념을 빠져나오지 않을 정도로 채운다. 그릇에 꼭꼭 눌러 담아서 양념이 고루 스미게 한다.

22. 얼큰콩나물국과 더덕무침

　술자리는 당연히 무수하리만큼 다양한 유형을 가진
다. 술자리의 성격이나 조건을 규정하는 가장 중요한 요
소는 아마도 장소와 술을 마시는 상대가 아닐까 싶다. 거
기에 주종과 음식 등이 별개의 참고 요인이 될 것이다.
어떤 유형의 술자리를 좋아하는지는 사람의 취향에 따라
천차만별이다. 하지만 나를 포함해 모든 사람은 예외 없
이 즐거운 술자리를 원한다. 슬퍼서 마시는 술조차도 그
슬픔을 덜어내기 위해서 마시는 것일 테니, 술이 즐거움
을 향해 있어야 한다는 건 언제나 옳은 말이다. 나는 술
을 마신 사람들이 즐거웠으면 좋겠다. 그래서 술을 마시

고 타인들에게 더 친절해지고 다정해졌으면 좋겠다. 목소리 높여 싸우지들 말고.

참고로 내가 좋아하는 술자리 베스트 5를 정리해보려고 한다.

다섯 번째, 깊은 가을 낙엽이 지는 숲에서 숯불 바비큐와 함께 지인과 마시는 술. 이 술자리의 방점은 당연히 낙엽이 지는 숲과 바비큐에 찍힌다. 지인은 말이 좀 통하면 되지 결정적인 조건은 아니다. 가을 정취가 물씬하고 살짝 추운 느낌까지 드는 날, 오후 네 시쯤부터 불을 피워 고기를 굽고 술을 마시면 잠시나마 온전하게 불행의 느낌에서 벗어날 수 있다. 고기를 굽고 남은 불씨 위에 낙엽을 올려 태우면서 맡는 냄새란!

네 번째, 여행지, 특히 푸른 바다를 경관으로 건물 밖의 야외 테이블에서 술맛을 아는 지인과 마시는 술. 파도가 밀려갔다 밀려오는 소리가 있고, 보슬비 정도는 내려도 좋다. 거기서 희미한 수평선을 바라보며 쓴 소주를 마시면 세상을 이미 충분히 살아본 느낌이 든다. 삶의 미래

를 다녀온 느낌이랄까. 이런 유형의 술자리 중 특히 나는 강릉 멍게바위 해변에서 마신 술이 기억에 남는다.

세 번째, 4~5명의 술맛을 알고 음악을 아는 지인들과 뮤직바에서 마시는 술자리. 리퀘스트가 가능하고 LP를 틀어주는 곳이면 금상첨화지만 인터넷이나 유튜브로 음악을 틀어줘도 듣고 싶은 곡을 신청할 수 있으면 별문제가 안 된다. 여기서 함께하는 지인들은 서로의 음악 취향을 존중할 수 있어야 한다. 신촌에 그런 바가 몇 군데 있어서 예전에는 참 자주 갔는데, 갈수록 리퀘스트 LP바가 줄어들고 있다. 경복궁역 서촌 안쪽 먹자골목에 있는 밥 딜런은 나의 단골.

두 번째, 연인 또는 친구와 모텔방을 잡고 마시는 술자리. 개인적인 경험으로 보건대, 도시 생활자에게는 색다른 재미를 안겨주는 술자리다. 술을 좀 더 마시고 싶은데 술집들이 문을 닫고 난 시간, 별다른 선택지가 없을 때 곧잘 이런 술자리를 가지곤 했다. 편의점에서 사온 음식을 모텔 방바닥에 그냥 어지럽게 풀어헤치고 마주 앉아 세상에서 가장 편한 자세로 술을 마시는 것이다. 그러다가 상대와 _{연인일 경우엔} 뽀뽀도 하고, 안고 자기도 하는 것이다. 뭘 더 바라겠는가.

첫 번째, 혼자서 정성껏 술상을 보고 집에서, 그러니까 내 집 안방이나 거실에서 마시는 술자리. 내가 가장 자주 가진 술자리다. 제철마다 나오는 신선한 식재료를 장에서 사와서 상상력을 발휘해 음식을 만들고 술상에 올려놓고 나의 노고를 겨려히며 마시는 '혼술'. 그러면서 좋아하는 음악을 듣고, 술기운에 그림을 그리거나 시를 쓰기도 하는 것이다. 옷차림도 가장 편하게, '츄리닝'이나 '파자마' 같은 것도 상관없다. 화장실도 멀리 있지 않다. 영감과 인사이트가 머릿속에 무시로 드나드는, 나는 집에서의 혼술을 내 생애 최고의 술자리로 친다.

개인적으로 콩나물은 정서적으로 무조건 끌리는 식재료중 하나다. 또한 국, 찌개, 찜, 무침, 볶음 등 쓰임도 참 많다. 가격은 또 어찌나 싼지 공장에서 포장된 콩나물이 아니라 재래시장에서 아주머니들이 통에서 집어주는 콩나물은 1000원어치만 사도 5리터짜리 큰 봉지로 한가득이다. 잘 익은 김치와 함께 끓이는 얼큰한 콩나물국은 정말이지 소주 맛을 부르는 내 최애 안주 중 한 가지다. 조리하기도 얼마나 간편한가. 잘 익은 김치와 김칫소, 양념 등이 별다른 육수 재료 없이도 충분히 국물 맛을 내주는 데다가 콩나물까지 가미되니 최고의 국물 요리라고 해도 과언이 아니다.

콩나물은 일반적으로 숙취 해소에 효과가 있는 것으로 알려져 있다. 콩나물해장국집은 도시마다 성업 중이다. 콩나물의 해장 효과는 아스파라긴산이 대량 함유되어 있기 때문으로 알려졌는데, 사실은 아르기닌과 메티오닌이라는 성분 때문이라고 한다. 콩나물은 이들 성분을 듬뿍 함유하고 있어 해장국으로써 콩나물국이 누리는 지위는 아무런 문제가 없다. 개인의 알코올 분해능력이나 통제 과정에서의 변수, 샘플의 수 등의 문제로 완벽한 과학적 결론이라고 할 수는 없지만 모 방송에서 피실험자들에게 술을 먹이고 여러 종류의 해장국을 먹인 다음에 혈중 알코올 농도를 재는 식으로 실험을 한 경우가 몇 차례 있는데 거의 대부분의 경우 부동의 1위는 콩나물국이었다고 한다.

이 날 얼큰콩나물국과 함께 술상에 올린 더덕무침 역시 내가 참으로 좋아하는 안주용 음식이다. 나는 더덕의 그 독특한 향을 고추장 베이스의 양념이 코팅하듯 잡아주면서 내는 맛을 참으로 사랑한다. 더덕은 초롱꽃과에 속한 다년생 덩굴 식물로 학명은 'Codonopsis lanceolata.'라고 한다. 농사도 짓지만 주로 산에 자생하며, 뿌리가 도라지나 인삼의 뿌리와 비슷하다. 우리가 식용으로 삼는 부분이 바로 뿌리이다. 더덕 뿌리는 독특한 향과 쌉싸름한 맛이 인삼과 비슷하면서도 다른데, 뿌리 쪽에 사포닌이 많아 효능도 인삼과 비슷하다. 더덕을 산삼과 종종 헷갈리는 사람들도 있는데, 더덕은 잎이 4장이고 산삼은 잎이 5장이라는 것만 기억해두면 쉽게 구분할 수 있다.

더덕이 대량 함유하고 있는 사포닌은 과다한 콜레스테롤과 지방을 흡착, 배설하는 성분으로 건강에 아주 좋다. 게다가 더덕에는 폐 기능을 강화하는 성분이나 호흡기 질환을 완화하는 성분도 있기 때문에 감기 예방에도 효과가 있다고 한다.

 **레시피 또는 연금술**

• 만드는 법은 의외로 간단하다. 손질을 한 마른멸치로 국물을 우려내도 좋으나, 마트에서 파는 멸치육수나 가쓰오부시 육수를 쓰는 것이 간편하고 좋다. 꼬리를 뗀 콩나물을 냄비에 담고 물을 부어 끓인다. 이때 물의 양은 들어간 콩나물이 다 안 잠길 정도로도 충분하다. 콩나물에서 수분이 나오기 때문이다. 냄비의 뚜껑을 덮으면 비린내가 나므로 열어 놓고 끓이는 게 좋다. 칼칼하게 익은 김치와 곱게 간 고춧가루를 적당량 넣어준다. 그리고 폴폴 끓인 후에 취향에 따라 다진 마늘과 파, 소금이나 새우젓을 넣으면서 간을 맞추면 완성된다. 얼큰콩나물국을 밥과 함께 먹을 때는 내용물이 이 정도면 되지만, 술상에 올려 안주로 먹을 때는 좀 심심할 수 있으므로 두부나 어묵을 넣어주는 것도 좋다. 톡 쏘는 깔끔한 매운맛을 원한다면 청양고추를 썰어서 넣을 수 있다.

• 함께 올린 더덕무침은 집에서 보통의 내공으로는 만들 수 있는 음식이 아니다. 무조건 사서 먹는 것이 실패 확률을 줄이는 지름길이다. 재래시장에서 사는 것이 마트에서 사는 것보다 품질과 맛이 좋고 가격도 저렴하다.

23. 돼지고기 김치 두부전골

술꾼을 자처하는 이라면 이의를 제기하기 어려울 텐데, 늘 함께 술을 마시던 이가 어느 날 금주를 선언하고 대열에서 이탈하면 적지 않은 박탈감을 느낀다. 심지어는 배신감까지 들 때도 있다.

술꾼에게 가장 지극히 위안이 되는 것은 다른 무엇도 아닌 자신과 비슷한 술꾼의 존재다. 나의 경우도 다르지 않아서 비록 집에서 혼자 술을 마시고 있을 때라도 나를 위무하는 건 어디선가 변함없는 자세로 술을 마시고 있을 술꾼으로 정평이 난 동료들의 얼굴이다. 술 마신 다음 날, 쓰린 속을 부여잡고 있을 때에도 위안을 주는 건 페이스

북이나 블로그 같은 데서 숙취를 호소하고 있는 다른 이의 포스팅이다. 그때 기저에서 작동하는 심리는 이를테면 이런 것이다. "저 이도 저렇게 마시는데 나도 아직은 괜찮은 거야."

인간 사회란 참 묘한 것이어서 부정적인 것일수록 심정적인 연대가 더 쉽게 이루어진다. 적절한 예인지는 모르지만 초등학교에서 처음 예방주사를 맞을 때, 마음의 불안과 질겁이 풀리는 건 나보다 더 겁을 먹고 고통을 호소하는 친구를 볼 때다. 그래서 서로 "너도 아팠지?"라고 확인하고서야 안도하는 것이다. 그런데 그런 위안을 선사하던 존재가 어느 날 술을 더 이상 마시지 않겠다고 선언했을 때의 상실감은 상상 외로 클 수밖에 없다.

내겐 S시인이나 J시인의 절주가 그런 경우였다. 사실은 나 역시 짧게나마 몇 차례의 절주를 선언한 적이 있는데, 가장 길었던 금주는 일주일 정도에 불과했다. 내가 절주 기간을 오래 이어가지 못하고 다시금 술잔을 들게 되는 가장 중요한 원인은, 사실은 내가 술을 마시는 것을 확인함으로써 안심하고 반가워할 술친구들의 마음이 바투 내게 다가왔기 때문이다. 술꾼의 마음이란, 사실 목화솜만큼이나 보드랍고 연약하고 물렁물렁하다.

그건 그렇고 살림이란 걸 하다 보면, 냉장고 안에 식재료들이 남아서 쌓이게 되는 경우가 있다. 아무리 치밀하게 경제적 계획을 세워서 살림의 규모를 통제해도 이는 어쩔 수가 없다. 특히 단독가구를 꾸리는 나 같은 사람은, 식재료를 구입할 때마다 남는 잉여의 양을 늘 신경써야 할 만큼 이 문제의 해법은 단순하지 않다.

돼지고기두부전골은 이런 경우 냉장고에 남아 있는 식재료들을 한 번에 처분하기 아주 좋은 메뉴다.

돼지고기와 두부는 이 책에서도 자주 언급한 너무나 익숙한 재료이니 새삼 설명이 필요 없을 것이고, 일단 전골이라는 개념을 알아볼 필요가 있을 것 같다. 사전을 살펴보면 전골은 국이나 찌개와 다르게 육수에다 날 재료를 집어넣어 끓여서 건더기를 건져 먹고 나중에 국물을 먹는 요리라고 되어 있다. 일본이나 대한민국, 중국 같은 동양권에서 주로 발전하였는데, 잘 알려진 대표적 요리가 한국에서는 불고기 전골, 특히 서울식 불고기, 신선로 등등이 유명하고 일본에서는 스키야키와 샤부샤부, 밀푀유 나베가 유명한 편이다.

또 다른 백과사전에는 전골의 어원이 자세히 소개되어 있다. 그걸 인용하면 다음과 같다.

"장지연이 쓴 만국사물기원역사萬國事物紀原歷史에서는 전골이라는 말이 전립에 그릇을 뜻하는 골이 합쳐진 것이고 때문에 전립골이라고 불렸다고 설명한다. 전골을 해 먹는 용기가 꼭 싸울 때 쓰는 투구와 닮았기 때문이라는 것이다. 흔히 아는 투구가 아닌 전립과 같이 챙이 있는 형태의 투구다. 그래서 전쟁터에서 군인들이 투구를 뒤집어 음식을 해 먹던 것에서 유래되었다고 장지연은 전골 그릇과 전골 유래에 관해 설명한다. 한편으로는 유득공이 쓴 경도잡지京都雜志에서는 그릇의 모양이 마치 벙거지 모자 같아서 그 쇠그릇을 전립투氈笠套라고 부르기 시작했다고 설명한다. 전립투 그릇에 평평한 부분에는 고기를 굽고 움푹 들어간 부분에는 채소를 넣고 끓여 같이 먹기 시작했다고 전골 이름의 유래와 전골 요리의 유래를 설명한다."

그러니까 종합을 해보면 우리나라에서 전골은 음식을 조리하는 용기의 모양에서 유래한 것이 확실하다. 그러면서 건더기를 먼저 먹고 국물을 나중에 먹는 어떤 형식적인 매뉴얼이 추가된 것이다. 그런데 음식이라는 게 어디 그렇게 박제화된 채로 전해지던가. 용기도 얼마든지 변형될 수 있고 먹는 방법도 바뀔 수 있다. 특히 건더기를 먼저 먹고 국물을 나중에 먹는 방식은, 내가 알기로는 우리나라 사람들에게는 결코 익숙한 것이 아닐뿐더러 선호하는 방식도 아니다. 우리나라 사람들은 건더기와 국물을 함께 음미하는 데서 미식의 쾌감을 느끼는 경우가 더 많기 때문이다.

한국에 유입된 외국의 전골 형식을 띠는 대표적인 음식이 앞에서 언급한 샤부샤부일 터인데, 이것은 유목민의 나라인 몽골의 초원에서 갓 도축한 고기를 국물에 데쳐서 건더기를 건져 먹는 식생활 문화에서 비롯된 것으로, 일찍이 농경문화를 정착시킨 한국에서는 상당히 이례적인 음식이다. 한국에 유입된 이후 샤부샤부는 별식으로 인정받으며 점차 확산되고는 있지만 이 음식이 '샤부샤부'라는 고유어로 불릴 뿐 한국식 전골로 변형되어 정착되지 못하고 있는 것도, 음식을 먹는 방식에 대한 한국인의 고유한 스타일 때문인 듯하다.

일본에서는 전골을 '나베'라고 부르며, 우리나라 못지않게 상당히 많은 종류의 나베 요리가 있다. 소고기와 배춧잎을 함께 끓여내는 나베가 제일 유명하고, 새우와 꽃게 등 해산물 등을 우려내는 나베도 있다. 일본의 전골 문화는 건더기의 육수가 국물에 충분히 배어나게 한 후에 먹는 방식이 주류여서 국물과 건더기를 같이 즐기는 한국의 전골 문화와 확실히 구분된다.

내가 돼지고기 김치 두부전골을 만들 때 나름대로 신경을 쓴 것은 건더기다. 전골이니 만큼 찌개처럼 건더기의 형태를 모호하게 하지 않고, 숟가락이 아닌 젓가락으로 집어서 먹는 데 용이하게끔 돼지고기와 김치를 좀더 각별하게 썬 것이다. 두부 역시 마찬가지다. 이건 내 학습된 무의식의 소산일 텐데, 나는 찌개를 숟가락으로 건더기와 국물을 같이 먹는 데 반해, 전골 속에 들어 있는 건더기는 젓가락으로 집어서 먹는다. 그러곤 국물을 숟가락으로 맛본다. 이날 쓰인 돼지고기는 목살인데, 삼겹살처럼 지방과 살이 섞여 있으면서도 삼겹살에 비해 비교적 오래 끓여도 그 형태를 유지하는 특성이 있다. 젓가락으로 집어먹기 좋은 것이다.

레시피 또는 연금술

• 돼지고기두부전골에 나는 김치를 필히 넣는다. 돼지고기가 가지고 있는, 어쩔 수 없는 느끼한 맛을 잡는 데 사실 김치만한 걸 나는 본 적이 없다. 레시피는 간단하다. 살과 지방이 적당한 비율로 섞인 돼지고기를 썰어서 넣는다. 그리고 잘 익은 김치를 썰어서 넣는다. 양조간장과 고춧가루를 적당량 넣는다. 마늘 몇 개를 다져서 넣는다. 두부를 먹기 좋은 크기로 썰어서 넣는다. 취향에 따라 표고버섯이나 양송이버섯, 호박 등을 넣기도 한다. 물을 충분히 부어서 폴폴 끓인다. 돼지고기두부전골은 추울 때 더 맛이 나는 음식이다. 조리가 끝난 뒤에도 휴대용 버너 위에 냄비를 올려놓고 국물이 뜨거운 온도를 유지할 수 있도록 하면서 먹는 게 좋다. 전골은 또한 양을 많이 하는 게 풍미를 두텁게 하는 데 유리한데, 떠먹고 남은 것은 다음 날 해장할 때 밥을 말아 먹어도 좋다.

24. 푸딩 계란찜과 히레사케

　어떤 영화나 소설들은 그것을 접하는 사람에게 술을 권한다. 그 권유가 은근한 것도 있지만 어떤 것들은 차마 거부하기 힘들 정도로 강렬한 것도 있다. 영화 중에서 내게 가장 매혹적으로 술을 권유한 것은 오즈 야스지로 감독의 〈꽁치의 맛〉이다.

　세계영화사에서도 손꼽히는 걸작으로 꼽히는 이 영화는 딸 미치코와 함께 살고 있는 초로의 신사 히라야마의 일상을 오즈 야스지로 특유의 느린 시선으로 따라간다. 히라야마는 친한 친구로부터 딸을 결혼시키라는 이야기를 듣지만 자신의 눈에 비친 딸은 아직 어리게만 보여서 망설인다. 그런데 아내 없이 고적한 삶을 살아가는 히라야마에게 빼놓을 수 없는 취미가 하나 있었으니, 그것은 학교 동창생들과 만나 곧잘 술추렴을 하는 것이다. 영화 속에서는 히라야마가 친구들과 어울리는 술자리가 매우 빈번하게 묘사된다. 동창생뿐만 아니라 학교 은사와도 마시고, 우연히 만난 군역 시절의 부하와도 마신다.

영화 속에서 술을 마시는 이들은 '도쿠리'라고 부르는 작은 병에 담긴 '사케'를 따라 마시는데, 내 눈에는 그것이 그렇게 맛있고 달콤하게 보일 수 없었다.

이들이 먹는 안주는 일본식 장아찌나 붕장어조림 같은 것인데, 나로서는 먹어본 적 없는 그 안주들 역시 상상 속에서 이미 내 입안에서 저작되고 있었다. 내가 〈꽁치의 맛〉을 본 게 통틀어 예닐곱 번은 되는 것 같은데, 그때마다 나는 꼭 술을 마시고는 했다. 영화를 보면서든, 영화를 보고 나서든. 그러면 내가 초로에 접어든 히라야마라도 된 듯, 감상에 젖었는데, 술맛도 그렇게 맛있고 깊을 수가 없었다.

아마도 늘상 소주와 맥주 등만 마셔온 내가 일본 술인 사케에 관심을 가지게 된 것도 이 영화 때문이었을 것이다. 가능하다면 영화 속에 등장하는 일본의 전형적인 술

집, 다다미가 깔린 선술집의 방에서 영화 속 인물들처럼 술을 마시고 싶다는 생각도 들었다.

나는 지금까지 일본을 고작 세 번 갔다 왔다. 그것도 매번 2박 3일 아니면 4박 5일 정도의 급박한 일정이었다. 그런데 일본 현지에서 식사를 하고 술을 마시면서 일본 음식 특유의 정갈한 맛, 정확히 얘기하면 스타일에 끌리게 되었다. 그것은 내가 오즈 야스지로의 영화를 보면서 끊임없이, 수백 번 상상한 것이었다. 이것이 오즈 야스지로에 대한 나의 각별한 존경인지, 아니면 이국에 대한 단순한 애착 취향exotic인 것인지, 그것도 아니면 그냥 정직한 입맛에 따른 것인지는 정확히 말할 수 없다.

그중에서 푸딩 계란찜은 내게는 매우 인상적으로 다가오는 음식이었다. 보기 좋은 음식이 먹기에도 좋다는 유명한 명제가 있는데, 개인적으로는 이를 가장 완벽하게 구현하는 음식이 푸딩 계란찜이 아닌가 싶다. 푸딩 계란찜은 시각적으로, 미학적으로, 또 혀가 반응하는 음미로서도 단연 기억할 만한 메뉴였다. 사실 푸딩 계란찜이라는 이름은 그 기원과 정체를 알 수 없는 상업적인 이해

에서 나온 별칭과도 같은 이름이고, 일본식 계란찜은 차완무시茶碗蒸し라고 부른다. 일식집이나 회전초밥집 등에서 흔히 볼 수 있다. 일본식 계란찜은 마치 커스터드 푸딩처럼 부드러운 것이 특징이다. 그래서 누군가가 푸딩 계란찜이라고 부른 것일 텐데, 이것에서 좀 단단하게 만들면 연두부 같은 식감도 난다.

한국에도 당연히 계란찜이 있다. 일본 계란찜에 비하면 식감이 투박하지만, 그런대로의 식감과 풍미가 있다. 우리나라에서는 계란찜을 보통 뚝배기에 찐다. 열이 오래 유지되면서 계란찜이 골고루 익는 효과가 있기 때문이리라. 뚝배기에 찌는 계란찜은 그런 이유에서 차갑게 먹기 어렵지만, 일본식 계란찜은 진짜 푸딩이 그러하듯 살짝 차갑게 식혀 먹어도 맛있다. 사실 이것은 개인적인 취향이지만, 나는 한국식 계란찜이든 일본식 푸딩 계란찜이든 차갑게 식은 걸 먹는 걸 더 좋아한다. 차갑게 식었을 때 계란 특유의 고소한 맛이 훨씬 더 깊히 퍼지는 걸 느낄 수 있기 때문이다.

내가 집에서 푸딩 계란찜을 만들어서 혼술상에 올려

야겠다고 생각한 것은, 음식에 전에 없던 정성이라는 것을 기울였을 때 나오는 결과를 실감하고 싶었기 때문이다. 전문적인 요리사나 셰프가 아닌 한, 내가 아무리 음식을 자주 만든다고 해도 거기에 한결같은 정성을 기울이기는 어려울 것이다. 대개의 경우 많은 음식들을, 하나의 과정으로서만 이해하고 그 과정을 수행하는 데 신경을 썼지, 정성을 기울인다는 생각까지는 하지 못했다. 그런데, 푸딩 계란찜은 그 레시피 자체가 정성을, 그것도 섬세한 정성을 요구하는 것이었다. 마치 원석을 가공하는 보석세공사의 섬세한 손길 같은 것처럼. 앞에서 나는 "계란을 생물처럼 다뤄야 한다"는 어떤 영화 속 셰프의 말을 소개한 적 있는데, 푸딩 계란찜이야 말로 계란을 살아 있는 생물로 간주하면서 아기 다루듯 다룰 때 만족할 만한 결과를 얻을 수 있는 음식이 아닌가 하는 생각이 들었다. 비록 입에 들어가서 형태가 소멸되는 음식이지만, 정성을 들여서 만든 그 예쁜 결과물이라니. 나는 그런 보람을 경험하고 싶었던 것이다.

푸딩 계란찜 레시피에서 가장 중요한 것은 계란물을 체에 걸러 계란끈이라고 부르는 것을 제거해주는 것이고, 찔 때 불조절과 마감을 잘 하는 것이다. 특히 불 조절이 아주 중요한데, 계란 푼 물을 센 불에 젓다가 덩어리가 조금 올라오기 시작할 때 즈음 불을 아주 약하게 조절해 놓고 10분 정도 기다리는 게 핵심이다.

푸딩 계란찜이 일식으로 분류할 수 있는 안주이니만큼 함께 곁들이는 술도 사케가 적당하다. 나는 이날, 사치스럽게도 히레 사케를 준비해 계란찜과 함께 즐겼다. 히레ひれさけ는 복어 지느러미를 의미한다. 복어 지느러미를 소금물에 씻어서 바람이 잘 통하는 그늘에 말려서 사케를 중탕할 때 넣으면 그 풍미가 술 전체에 고루 퍼져 정말 혀끝이 그렇게 향긋할 수가 없고 목 넘김도 깔끔하다. 친구들에게 나는 가끔 집에서 히레 사케를 마신다고 말하면 친구들은 십중팔구 눈이 휘둥그레지면서 도대체 히레는 어디서 구할 수 있느냐고 묻는데, 히레는 인터넷 쇼핑몰에 들어가면 쉽게 검색도 되고 구매할 수도 있다. 히레는 한번 사용하고 버리는 게 아니라 두 번 세 번 우려도 향이 유지되므로 한 봉지를 사놓으면 1년 내내 원할 때마다 집에서 히레사케를 즐길 수 있다.

 **레시피 또는 연금술**

• 1인용 기준 계란 2개를 준비한다. 계란을 풀고 고운 소금을 커피스푼으로 반 스푼 정도 넣는다. 그러곤 수차례 저어준다. 가쓰오부시 육수를 섞은 물 50밀리리터 정도를 부어준다. 체에 계란물을 거르면서 알끈을 제거한다. 계란물을 채에 거르는 것을 한번 더 반복한다. 알끈을 제거한 계란물을 밥그릇이나 컵에 넣는다. 뚜껑을 닫아주는데 뚜껑이 없을 경우엔 쿠킹호일로 덮어줘도 된다. 그릇째 찜기 위에 올려놓고 10분 정도를 쪄준다. 계란찜이 다 익으면 그 위에 잣이나 명란, 새우살 같은 토핑을 올려준다.

• 복어 지느러미, 즉 히레는 온라인 쇼핑몰을 통해 쉽게 구입할 수 있다. 사케에 히레를 넣기 전에 직화나 프라이팬으로 살짝 구운 후에 넣는 게 핵심이다. 히레는 구워졌을 때 향미가 극대화되기 때문이다. 히레는 한 번 구입해놓으면 냉장고에 보관하면서 두고두고 사용할 수 있는데, 그러다 보면 히레사케 마니아가 될 수도 있다.

25. 골뱅이무침

대체적으로 혼술을 예찬하는 나지만, 혼술이 가지고 있는 가장 치명적인 약점 하나를 이제는 고백해야겠다. 그것은 혼술에는 로맨스가 있으려야 있을 수 없다는 것이다. 당연하지 않은가. 주변에 있는 것이라곤 침묵을 지키는 정물들뿐인데, 어떻게 정물과 로맨스가 이뤄지겠는가. 세상에 화분과 라디오와, 또는 책이나 턴테이블과 로맨스를 만드는 사람은 없을 것이다.

사실 술은 사람의 감정과 기분에 흥취를 부여해 곧잘 이성에 대한 연모의 정을 부풀리게 만든다. 술을 마시던

남녀간의 감정에 상호 작용이 일어나면 거기서 기대치 않았던 로맨스가 발생하기도 한다. 물론 나쁜 결과가 민망하고 관계나 소통이 이어지지 않으면 술자리로 야기된 로맨스는 '사고'의 성격으로 정리되기 십상이지만.

내게도 술자리에서 연원이 된 매우 인상적인 로맨스가, 지금까지도 잊혀지지 않는 로망의 서사가 있었다. 그때 내 나이 불과 스물한 살이었다. 지금 나는 비의처럼 내 심연 속에 간직해온 그 밤의 이야길 풀어놓으려고 한다.

대학연합 문학동아리 시화전 마지막 날 작품들을 철거하고 뒤풀이를 하고 있을 때, 다른 대학의 어떤 여자 선배가 나를 술집 밖으로 불러내는 것이다. 내 앞에 앉아서 씩씩하게 맥주잔을 비우던 선배였다. 그 선배의 이름을 지금 내가 전혀 기억할 수 없다는 게 아쉽다.

"너에게 꼭 보여주고 싶은 시집이 있는데, 그게 내 자취방에 있어. 같이 가지 않을래?"

"다음에 보여주시면 안 돼요?"

나는 의례적으로 방어적인 태도를 취했다.

"아니야, 오늘 꼭 보여주고 싶어."

선배는 그러곤 과감하게 내 손을 잡아끌고는 택시를 잡았다. 그런 기묘한 상황이 처음이었던 나는 마땅히 대처할 방법을 알지 못했다. 20분 정도 택시에 실려 가니 그 여자 선배의 자취방에 도착했다.

선배는 맥주를 더 사왔고 담배를 피웠다. 나도 담배를 달라고 해서 같이 피웠다. 선배는 내게 보여주고 싶다고 했던 시집은 찾을 생각도 하지 않았다. 지금 생각해보면, 그 시집은 아직 쓰인 적이 없는 시집인지도 모르겠다. 예상했는지는 모르지만 그 방에서 나는 선배와 육체적인 교섭을 했다. 나는 스물한 살이었고 누군가가 완곡하게 내 육체를 원하고 있을 때, 그걸 모를 만큼 무디지도, 그리고 그것을 외면할 만큼 고지식하지도 않았다. 선배의 욕망을 묵인한 내 태도에도 어떤 고의가 있었다는 생각마저 든다. 그런 건 그렇다고 말하고 싶다. 물론 여기엔 술이 부추긴 감정의 고양이 있었다.

그 새벽에 선배의 자취방을 나왔다. 선배는 엎드린 채로 움직이지 않고 있었다. 자고 있었던 것인지, 침묵으로 나를 배웅하고 있었던 것인지는 알 수 없다. 그건 중요한 게 아니다. 새벽에 방을 빠져나가는 어떤 불안을 묵인했다는 게 중요하겠지. 선배도 결정적인 무언가를 아는 사람인 것이다. 희붐한 빛 속에 드러난 선배의 등골이 어렴풋하지만 아직 기억 속에 살고 있다. 밖으로 나오니 낯선 동네였다. 차들이 더 많이 몰리는 쪽으로 무작정 걸었다. 그러다가 어떤 초등학교를 지나게 되었다. 어둠이 아직 흥건하게 남아 있는 시간이었다. 나는 홀린 듯 그 초등학교 운동장으로 들어갔다. 텅 빈 어둠과 텅 빈 운동장. 그런데 어디선가 아기 울음소리가 들려왔다. 갓난아기의 울음소리.

그것은 고양이 울음소리였다. 고양이가 기괴하게, 잔뼈가 부서지도록 울고 있었다. 나는 새벽의 빈 운동장에서 그 소리를 오랫동안 들었다. 낯선 선배가 침묵하는 등을 보여주었던 밤이었다. 그리고 나는 어떤 세계의 광활한 공포 속에 서 있었다. 놀랍게도 그 순간 나는 이미 알고 있었다. 아무리 많은 시간이 흘러가더라도 내가 이 순간을 잊지 않을 것이란 걸. 내가 고양이 울음소리를 갓난아기의 그것과 혼동한 것처럼 삶이 지속되는 동안의 공포와, 그것과 비슷한 것들을 종종 구분하지 못할 것이란 것을.

아, 쓰고 보니 역시나 술에 취한 듯 과잉된 감상기가 역력하다. 흠, 내가 하고 싶은 말은 혼술은 이런 로맨스를 기대할 수 없다는 것인데…….

기껏 로맨스 이야기를 털어놓고선 골뱅이무침 얘기를 하려니, 좀 분위기를 깨는 것 같다. 골뱅이는 나선 형태의 패각을 갖는 연체동물로 물속에 사는 고둥류이며 한국에서 주로 식용하는 생물이다. 다른 나라 사람들은 거의 먹지 않는다는 얘기다. 그런데 이 점을 사람들이 많이 모르고 있는데, 우리가 먹는 골뱅이는 단일하고 고유한 생물을 가리키는 것이 아니다. 표준어에서 가리키는 골뱅이와 흔히 식용으로 접하는 골뱅이가 다르다는 것이다. 표준어에서는 각시수염고둥을 가리키지만 이것은 식용으로 쓰이지 않고, 물레고둥류, 큰구슬우렁이, 각시수랑, 수입종 등이 식용으로 쓰이는 것들이다.

식용 골뱅이는 쫄깃쫄깃하고 담백한 식감을 가지고 있고 조리하기 쉬워서 술안주로 주로 사용된다. 단백질 함량이 높고 지방이 적어 건강에 좋은 간식으로 먹기 좋다. 그런데 아무리 골뱅이를 좋아하는 사람도 골뱅이만 따로 먹는 경우는 거의 없다. 우리는 대부분 삶은 골뱅이를 대파나 오이, 당근, 상추 등과 함께 식초가 가미된 고추장 양념으로 무쳐서 만드는 골뱅이무침을 통해 골뱅이를 섭식한다. 거기에다 더해 삶은 소면과 함께 비빔국수처럼 먹기도 한다.

백과사전에 따르면 마트나 수산시장 등에서 백골뱅이나 백고동으로 파는 종류는 물레고둥이나 고운띠물레고둥이라고 한다. 저가형 골뱅이집이나 저가형 통조림에 쓰이는 큰구슬우렁이와는 종이 다른 것이라고. 골뱅이음식 전문점에서 취급하는 고급형 골뱅이는 국산이나 수입산 물레고둥을 쓰고 유명한 브랜드인 유동 등에서 나오는 골뱅이 통조림은 부키눔 운다툼Buccinum undatum이라는 북유럽 종을 사용한다고 한다.

앞서 언급했지만 한국은 세계적으로 골뱅이를 즐겨 먹는 거의 유일한 나라다. 통계에 따르면 전 세계 골뱅이 생산량의 90퍼센트 이상을 한국에서 소비한다고 하니 놀랍기만 하다. 국내 공급이 수요를 따라가지 못하여 외국산을 수입하는 것이 업계의 어쩔 수 없는 관례라고 한다.

아무려나 골뱅이 안주는 한국의 술꾼들에게는 너무나 친근한, 사랑받은 음식이다. 그래서 어떤 시인은 골뱅이무침이라는 제목의 시를 쓰기도 했는데, 내용이 너무 재미있고 인상적이어서 여기에 전문을 인용한다.

오돌토돌 돌기 제거해 골패 썰기 한 오이 한 개. 지친 겨울 돌아누운 대파 한 개. 첫사랑의 기억 저편 수줍은 홍당무 한 개. 엉덩이마저 시퍼런 미나리 약간. 속살을 보여주지 않아도 짐작해내는 배 1/2개. 삶의 뒤안길 작은 웅덩이에 고인 간장 3스푼. 오랜 세월 뒤척이다 흘러내린 멸치 액젓 2스푼. 한여름 밤 으깨어 내린 참기름 약간. 울고 싶은 날 벗겨도 좋은 양파 한 개. 서러움마저 위안이 되는 청양고추 3, 4개. 서로 비비며 부대끼고 나면 분만의 진통 끝에 빠알간 혈흔이 그토록 매콤한, 골뱅이무침!
　-김옥종 시집 『민어의 노래』 중 「골뱅이 무침 레시피」

레시피 또는 연금술

• 맨 뒤에 인용한 시에서 이미 레시피가 잘 설명되어 있는데, 내 식으로 다시 정리하면 이렇다. 대파를 종으로 길고 가늘게 썰어준다. 이것이 사실은 참 귀찮긴 하지만 종으로 길고 가늘게 써는 건 핵심이다. 양파 역시 최대한 가늘게 슬라이스식으로 썰어준다. 오이를 어슷썰기로 얇게 썬다. 당귀가 있으면 향미가 배가되므로 당귀를 넣어줘도 좋다. 또한 취향에 따라 매운맛을 좋아하면 청양고추를 썰어 넣어도 좋다. 야채 준비가 다 되었으면 통조림에 든 골뱅이와 함께 보울에 넣는다. 여기에 고춧가루, 맛술, 설탕, 양조간장, 식초를 넣고 한데 잘 섞어준다. 골뱅이무침의 기본 맛이 새콤하고 매콤한 것이므로 딸기나 포도, 단감, 배 같은 단맛을 내는 과일을 함께 올리면 훨씬 조화로운 술상이 될 수 있다.

26. 돼지목살수육

세상의 풍속이 어지럽게 느껴지고 인간관계에서 크고 작은 상처를 받을 때, 믿을 건 술밖에 없다는 생각이 들 때가 있다. 내가 잘났거나 못났거나 술은 똑같이 나를 대하고 내 헐벗은 곳을 어루만지듯 적신다는 데 생각이 미치면 이것은 확신이 된다. 물론 이것이 사회적으로 권장될 만큼 썩 건강한 태도는 아닐 것이다.

내가 혼술상을 지난 10년 동안 1000회 가까이 차리고 일주일에 두 번으로 계산해도 이런 수치가 나온다. 지금까지도 이 습속을 이어가고 있지만 나는 내가 알코올중독은 아니라고 생각한다. 이렇게 주장하는 매우 중요한 한 가지 근거가 있다.

알코올중독자들은 대개 술에 의지할 때 그나마 노동이나 일상적 행위, 인간관계의 의욕이나 능률이 높아지는 반면, 나는 술을 마시지 않아도 내가 도모한 업무를 수행하는 데 아무 문제가 없다. 오히려 나는 술을 마시면 아무런 생산적인 일을 하지 못한다. 일에 대한 자의식과 술이 제공하는 황홀을 철저히 이성적으로 분리하고 동일시하지 않는 것이다.

그리고 말하지 않으려고 했던 내가 알코올중독자가 아닌 또 하나의 비밀스러운 이유가 하나 있는데, 내가 술을 좋아하는 것보다 술이 나를 더 좋아한다는 것이다. 이 말은 문학적인 난센스가 아니다. 술을 마시다 보면, 내가 술을 원한다기보다는 술이 나를 원한다는 생각이 들 때가 있다.

나는 음주가, 특히 혼자 마시는 술이 사회적으로 무해하며 개인적으로 건강한 취미라고 말할 생각은 없다. 하지만 혼술을 기피해야만 하는 개인의 구태나 악습으로 치부하는 것에도 반대한다. 혼술은 권장될 필요도 없지만, 한 번쯤은 해볼 만한 것이라고 말하고 싶다. 그것은

나 자신과 적나라하게 만나는 새롭고 신선한 경험의 세계로 그 사람을 이끌 것이다. 나는 이 맛에 이미 깊이 이끌린 사람이다.

혼술에서 제일 중요한 것은, 좀 이상한 말인지는 모르지만, 나를 잃어버리지 않는 것이다. 밖에서 다른 사람들과 와자지껄하게 어울리며 술을 마시다 보면, 분위기에 휩쓸려 주량 이상 마시게 되고 그러다가 대취에 이르게 되면 자신을 잃어버리는 경우가 많다. 거기서 보통 주정이나 주폭 같은 볼썽사나운 사고가 발생한다. 모두가 자기 자신을 지키지 못하고 잃어버렸기 때문에 일어나는 일이다. 그런데 다른 이들과 마실 때도 그렇지만 혼술을 할 때는 더욱 더 자기 자신을 지켜야 한다. 혼자 마시는 술은 낯선 세계에 나 자신을 데려가고, 나는 그 길 위에서 얼마간 헤매겠지만 방황을 할지라도 나 자신을 잃어버려서는 안 된다. 그때 혼술이 열어주는 세계는 광활하면서도 깊은 실존의 세계다. 술은 생존과 관계를 맺는 게 아니라 실존과 관계를 맺는다. 생존이라는 측면에서 보면 술은 오히려 생존의 가능성과 안전성을 깎아 먹는 것이다. 그러나 실존의 세계를 확인해야만 자기 삶의 가치에 긍지를 가질 수 있는 이라면 용기를 내서라도 그 세계의 문을 열어야 하고, 그때 술이 모종의 도움을 줄 수 있는 것이다. 지금 나는 디오니소스의 혀로 술 앞에서 망설이는 이들을 유혹하는 것이 아니다. 모두 내가 혼술을 하면서 느끼고 터득한 것을 말하는 것이다.

수육이란, 사전적으로는 고기를 삶은 것을 말한다. 우리나라에서는 보통 돼지고기 목살이나 삼겹살, 앞다리살 등을 삶는 걸 가리킨다. 김장철에 삶아서 먹는 게 바로 돼지고기 수육이다. 소고기를 삶는 것도 수육이지만, 가정집에서는 비용이 부담스러워서 만들기가 어렵다. 수육의 어원은 숙육熟肉이라고 한다. ㄱ탈락 현상이 여기서도 발생한 것. 방금 말했지만 흔히 김장이 끝난 후 일반적으로 조리해서 함께 일했던 사람들과 먹는 일종의 '시즌 음식'으로 알려져 있다. 하지만 술꾼들에게 수육은 도저히 외면할 수 없는 매력적인 안주다.

영양학적으로 고기를 물에 삶으면 지방 함유량이 직화구이보다 많이 낮아지며 구울 때 생성되는 벤조피렌 같은 발암 물질 걱정을 덜기 때문에 건강에 훨씬 도움이 된다고 한다. 돼지고기를 수육으로 섭취하는 것이 건강에는 훨씬 이롭다는 것이다. 그런데 나의 친한 친구 P도 그렇지만 어떤 이들은 물에 빠진 돼지고기는 안 먹는다는 원칙을 가지고 있기도 한다. 나로서는 이해 불가지만, 개인의 취향이니 존중해줄 수밖에. 영양학적으로 좋은 성분이 국물로 다 빠지는 것이 아니냐고 하는 사람들도 있지만, 고기를 끓는 물에서 익혀도 단백질은 대부분 남는다. 그리고 지방과 나트륨 등이 물로 빠져나간다. 고기의 기름 맛은 적어지지만 담백한 맛을 좋아하는 이들은 주로 수육을 선호하는 것 같다.

삶기만 하면 되는 상당히 단순하고 기본적인 조리법 때문에 수육 비슷한 음식은 세계 각국에 보편적으로 존재하는데, 중국 요리 중에는 '유저육'이라고 해서 돼지고기와 비계, 돼지기름을 뭉쳐서 절이는 방식의 요리가 존재한다고 한다. 또 프랑스와 이탈리아에서는 '콩피'라는 조리 방식이 존재하는데, 100도 이하의 기름으로 고기와 과일 따위를 오랜 시간 익히는 조리법을 가리킨다.

수육을 만들 때 고기의 부위를 잘 선택하는 게 중요하

다. 전문가들에 따르면 돼지고기의 경우는 전지앞다리·어깨 부분가 맛이나 가격 대비 만족도에서 최상이라고 한다. 고기를 구입할 때는 고기의 정형다듬고 자른 모양새이나 빛깔이 깨끗하고 예쁜 것만 골라서는 안 된다. 정형과 빛깔이 일정한 것은 냉동이나 냉장이 오래 지속되면서 생긴 것일 수 있기 때문이다. 정형의 모양새도 일정치 않고 살코기와 지방, 힘줄 같은 결합 조직이 많이 보이는 것이 오히려 신선할 가능성이 높다. 비용을 치르더라도 맛있는 수육을 먹길 원한다면 무조건 신선한 고기를 사야 한다.

후지뒷다리, 돼지의 엉덩잇살도 수육의 재료로 나쁘지 않은데, 이 부위는 비용이 저렴한 대신 지방 성분이 적어 앞다리보다 팍팍한 식감이 난다. 주로 구워 먹는 삼겹살도 수육으로서는 아주 좋은 재료다. 그런데 너무 오래 삶거나 불 조절을 잘 못하면 다 익은 후 칼로 써는 과정에서 고기가 뭉개질 수도 있다.

인터넷에 떠 있는 수육 전문가의 조언에 의하면 수육을 만들 때 촉촉한 식감을 즐기려면 다 익은 후 곧바로 뚜껑 열지 말고, 불을 끈 채로 뚜껑을 닫고 식을 때까지 기다리는 게 좋다고 한다. 집에서 조리하는 시간을 줄이려면 압력솥을 이용하는 것이 효과적이다. 물과 함께 덩어리 고기를 삶은 뒤 먹기 직전에 조금씩 자르는 것이 좋다. 압력솥은 특유의 구조적 원리로 재료의 맛이 물에 흘러나오는 것을 어느 정도 막아주어서 육즙을 이탈을 보호한다.

돼지고기의 경우 비린내나 잡내를 없애는 것도 수육을 성공적으로 만드는 매우 중요한 요소인데, 비린내와 잡내를 잡는 좋은 방법 중 하나가 말린 귤껍질을 갈색으로 볶아서 한두 조각 함께 넣어주는 것이란다. 이러면 기름도 딱 적당할 정도로 빠지고 비린내 없애는 데는 효과가 좋다. 실제로 귤껍질은 중금속이나 과다 지방 등의 안좋은 성분을 흡수해주는 기능이 뛰어나다고 한다. 백과사전에는 이렇게 친절한 정보들이 나와 있다.

레시피 또는 연금술

• 수육용 돼지고기로는 여러 부위를 쓸 수 있지만 나는 지방과 살코기가 적당한 전지살(앞다리살)이나 목살을 권하고 싶다. 돼지고기를 덩어리로 잘라 물에 넣는다. 누린내를 없앨 양파껍질 2개와 생강 1톨, 대파 1개를 함께 넣는다. 가루커피와 된장 적당량을 넣어준다. 월계수 잎도 몇 장 넣는다. 월계수 잎은 수육을 파는 정육점에서 대부분 서비스로 준다. 최소한 1시간 이상, 2시간 정도 삶는다. 고기를 젓가락으로 찔러 핏물이 나오지 않는다면 다 익었으니 건져서 잠시 식혀둔 후에 먹기 좋은 크기로 얇게 썰면 돼지고기 수육이 완성된다. 돼지고기 수육은 누린내와 잡내를 잡아줄 채소와 향신료를 넣고 충분히 삶으면 되는 비교적 단순한 음식이다..

27. 동그랑땡과 꼬치전

한국 사람 중에 동그랑땡을 모르는 사람은 없을 것이다, 동그랑땡의 호불호를 가리는 것이 무의미할 정도다. 다 알다시피 동그랑땡은 설이나 추석 같은 명절 때 집집마다 가족들이 둘러앉아 만드는 음식이다.

음식은 그것이 만들어지는 환경이나 조건에 따라서도 특별한 정서적 지위를 가질 수밖에 없다. 명절에 가족들이 모여서 함께 만드는 동그랑땡은 그런 면에서 매우 특별한 음식이다. 그러니까 송편이나 김밥처럼 말이다. 송편, 김밥을 생각할 때 함께 따라오는 장면에 대해서 한국 사람이라면 거의 비슷한 정서적 반응을 보일 것이다.

동그랑땡도 그런 정서적 반응을 불러일으키는 음식이다. 한국 사람이라면, 동그랑땡을 먹지 않고서는 명절 기분을 느끼지 못할 만큼 보편적이고 친근한 음식이 바로 동그랑땡이다. 그런데, 이것은 일종의 반전일 터인데, 의외로 동그랑땡은 평상시에는 잘 만들지도, 먹지도 않는 음식이다. 그러니까 명절 때는 온 국민이 한날한시에 한입으로 먹는 음식인데 반해, 명절이 아닌 날은 좀처럼 먹을 일이 없는 음식이 바로 동그랑땡인 것이다. 각종 전이나 부침개를 전문으로 하는 술집에나 가야 맛을 볼 수 있을까. 이렇게 된 이유는 분분한데, 아마도 간단치 않은 조리법 때문일 가능성이 가장 크다. 고기를 다지고 다른 재료와 섞어 속을 만들고 밀가루를 두르고 계란물까지 입혀서 프라이팬에 부치는 조리 과정은 정말이지 복잡하고 난삽하기 짝이 없다. 구 형태의 동그랑땡 모양을 만드는 과정에서 두 손을 온전히 사용해야 하고, 특유의 조리 과정에서 밀가루가 주방에 날리고 기름이 튀는 건 피할 수 없는 재난이다. 그럼에도 동그랑땡은 한국인의 정신적 원형에 지우지 못할 자취를 가지고 있는 음식이다.

내가 동그랑땡을 만들어 술상을 올린 날은 추석 연휴

를 집에서 그냥 심심하게 보내고 이틀인가 지났을 무렵이었다. 명절이면 으레 먹는 음식을 못 먹고 지나가는 게 너무 아쉬워서 동그랑땡과 동태전을 부쳐 혼술상을 보았더랬다. 입맛이 그렇게 까다로운 편은 아니지만 반찬가게나 시장에서 파는 동그랑땡은 너무 맛이 없어 그걸 돈을 주고 사먹고 싶은 생각은 조금도 들지 않았다. 귀찮더라도 내 입맛이 원하는 동그랑땡을 만들어보자, 이런 생각이 동그랑땡이 올려진 술상을 만든 이유다.

동그랑땡의 주재료는 다진 돼지고기인데, 정육점이나 마트에서 파는 다짐육은 너무 물렁한 살코기를 가지고 만든 것이고 또 너무 잘게 갈아서 씹는 맛 자체가 아예 없다. 심하게 말하면 그냥 밀가루 반죽 같은 느낌이 들 정도다. 그리고 심지어 고기 중량 대비 가격이 저렴하지도 않다.

그래서 그날 나는 옛날 방식 그대로, 어머니가 해주던 1980년대 방식으로 다짐육을 쓰지 않고 지방과 살코기가 적당히 섞여 있는 돼지고기를 사다가 도마에 올려놓고 칼로 다져야겠다는 마음을 먹었다. 그러고선 그걸 실천해서 동그랑땡을 만들었던 것이다. 세상에, 고기를 집에서 다지는 사람이라니. 그런데, 힘들긴 해도 이게 훨씬 맛있는데 별 수가 있나. 비곗살이 가끔 뭉텅 씹히는 게 진짜 동그랑땡이니까. 맛도 맛이지만 옛날에, 그러니까 어린 시절에 어머니가 도마 위에 돼지고기를 올려놓고 다지던 것을 직접 체험해보니, 새삼 그 시절 우리 어머니들의 정성과 사랑에 가슴이 뭉클해지기까지 하는 것이다.

동그랑땡의 사전적 의미를 한번 살펴보면 기름에 부치는 전 요리 중의 하나로 쇠고기, 돼지고기, 생선, 오징어 등등의 속 재료를 잘게 다진 뒤에, 파나 두부 등을 섞어 엽전 모양으로 뭉친 뒤, 여기에 밀가루와 달걀옷을 입혀서 지져 만든 음식이라고 설명되어 있다. 우리는 주로 소고기나 돼지고기를 쓴다고 알고 있는데, 생선과 오징어도 쓰일 수 있다는 게 이채롭다. 지역에 따라서는 아예 고기를 넣지 않거나, 달걀옷을 입히지 않고 반죽에 섞어서 만들기도 한단다. 아, 고기를 넣지 않는 동그랑땡은 상상이 되지 않는다.

동그랑땡은 명절에 빠져서는 안 되는 필수적인 음식

이지만, 내 개인적으로 그 명칭에 대해서는 상당히 큰 의문부호를 갖는다. 동그랑땡이라는 이름은 아무리 생각해도 전혀 전통적이지도 않고 민속적이지도 않기 때문이다. 그래서 백과사전을 찾아봤다. 그랬더니 동그랑땡의 정식 명칭은 '돈저냐'라 칭한다고 나온다. 아, 처음 들어보는 단어인데 표준어라니. 사실 나를 포함해 대부분의 사람이 쓰고 있는 동그랑땡이라는 고유어도 표준어란다. 그러니까 동그랑땡은 돈저냐라는 복수 표준어를 가지고 있는 음식이다. 표준국어대사전를 펼치면 동그랑땡을 설명하면서 "돈저냐를 달리 이르는 말"이라고 설명하고 있다. 우리 고유어는 육류와 어류를 기름에 부치는 음식을 '저냐'라고 일컬었는데, 모양이 동글한 원 형태의 엽전, 그러니까 돈을 닮았다고 하여 그 앞에 '돈'이 붙었다는 것이다. 그러니까 '저냐' 앞에 붙은 돈은 '돼지 돈豚' 자가 아니고 화폐를 의미하는 돈인 것이다. 앞에서 동그랑땡에는 소고기나 해물을 쓰기도 한다고 언급한 바 있다. 그런데, 정말 신기한 것이 나는 어떻게 지금까지 돈저냐라는 말을 한 번도 들어보지 못한 것일까. 그것은 '동그랑땡'이라는, 다소 현대적인 느낌을 풍기는 이 문제적인 어휘에 사람들이 그냥 교감하고 몰입된 것이라고

밖에는 볼 수 없다. 아무리 오랜 기원을 가진 음식이라고 해도 기원 당시에 명명된 이름이 후대에 지어진 이름에 얼마든지 밀릴 수 있음을 동그랑땡은 보여주는 셈이다. 나는 사실 이런 현상에 아무런 거부반응이 없다. 옛날부터 있던 음식이든 현대에 이르러 만들어진 음식이든, 그 음식의 주인은 그 음식을 현재 먹고 있는 우리 자신이다. 그리고 그 미식의 즐거움에 따라 얼마든지 그 음식에게 새로운 이름과 지위를 부여할 수 있는 것이다. 동그랑땡이라는 이름이 언제부터 누구에 의해 어디서 만들어진 것인지는 확인하기 어렵지만, 그 이름이 분명 우리 세대에게는 명절이 가져다주는 어떤 풍족한 기쁨이나 즐거움을 함께 가져다주는 고유한 명사임에는 분명하다.

동그랑땡과 함께 술상에 올린 꼬치전은 전통을 가지고 있는 재래음식이 아니라 비교적 최근에 명절 음식상에 차리는 전이라고 알고 있다. 예전에 소고기나 돼지고기 채소 등을 꿰어서 부침으로 먹은 적은 있을 수 있는데, 오늘날 명절에 집집마다 만드는 꼬치전은 최소한 20세기 후반에 들어서다. 내 기억에도 꼬치전은 초등학생 때는 명절날 부치는 전의 한 메뉴에 포함되지 않았다가 고등학생 이후에 슬그머니 등장하기 시작했다. 꼬치전이 핵심인 햄과 게맛살이 대중적인 식재료로 시판된 시기를 유추해보면 꼬치전의 내력을 짐작할 수 있을 것이다.

레시피 또는 연금술

• 동그랑땡의 핵심은 기름에 지진 돼지고기의 구수한 비계가 적당히 씹히는 맛이다. 소고기를 주재료로 삼아도 마찬가지다. 그런데 본론에서 얘기한 것처럼 시중에서 판매하는 다짐육은 너무 살코기만 쓰고 잘게 다져서 씹히는 맛이 전혀 없고 그냥 반죽 같은 느낌이다. 본연의 동그랑땡 맛을 원한다면 일단 지방과 살이 조화롭게 섞인 돼지고기를 사와야 한다. 정육점에 적당한 덩어리로 잘라 달라고 요청할 수 있다. 그것을 도마 위에 놓고 칼로 다진다. 다질 때는 스트레스를 푼다는 생각으로! 다진 돼지고기에 후추, 다진 마늘, 소금, 생강가루, 두부 등을 넣고 잘 섞어 동그랑땡 소를 만든다. 이때 두부는 물기를 최대한 짜줘야 한다. 그 다음엔 손으로 적당한 양씩 소를 떼어내어 양 손바닥으로 굴리면서 동그란 구 형태의 모양을 만든다. 여기에 밀가루옷과 계란옷을 차례대로 입힌다. 약불로 이미 달궈놓은 프라이팬에 식용유를 두르고 계란옷까지 입혀진 동그랑땡 소를 올린다. 프라이팬 전용 주걱으로 동그랑땡 소를 지긋이 눌러주면서 납작한 모양을 잡는다. 너무 한 번에 세게 누르면 소가 으깨진다. 익는 정도를 보면서 여러 차례 반복적으로 눌러줘야 한다. 한쪽 면이 노릇노릇 익었다 싶으면 뒤집어서 다른 면도 마저 입힌다. 기름이 금방 탁해지므로

중간중간 프라이팬의 기름을 키친타월 등으로 제거해주고 새 식용유를 따라줘야 한다.

• 꼬치전은 취향에 따라 햄, 단무지, 게맛살, 쪽파, 우엉 등을 요지에 꿰어서 밀가루옷과 계란옷을 입혀 같은 방식으로 부쳐준다

28. 감자고로케

　내가 10년 가까이 일주일에 두세 번씩 혼술을 즐기니까 가까운 사람들이 내게 알코올 의존증이 있거나 알코올 중독이 아닌가 따뜻한 염려의 시선을 보내는 걸 보았다. 고맙고 애틋한 일이다. 하지만 냉정하게 자가진단을 해보면, 나는 아직 그 지경에까지 이르지는 않았고, 사실 앞으로는 지금보다는 술을 조금 자제해야 하지 않을까 하는 이성적인 생각까지 하고 있다. 나도 나이라는 것을 먹고 있기 때문이다. 아무려나 술꾼 중에서 자신이 술을 얼마나 많이, 또 자주 먹고 있는지 자각을 하는 이들이 있다면 그들이 중독의 단계는 아니라고 나는 생각한다. 모든 알코올뿐만 아니라 중독은 자각 없이 이루어지기 때문이다.

태어나서 술을 한 모금도 안 먹어본 사람도 물론 있겠지만 1인당 평균 술 소비량이 세계 최고 수준인 한국에서 대부분의 성인은 술을 마셔본 경험이 있을 것이고, 술에 취해본 경험 또한 있을 것이다. 술에 한 번이라도 취해본 이라면 다들 동의하겠지만 취중에는 몸이 자신의 의지와는 다르게 움직인다. 통제가 안 되는 것이다. 내 몸의 조종사는 나인데, 조종키가 더 이상 말을 듣지 않는 것이다. 아, 그 난감한 황홀함, 아니 아득함이라니. 취한 사람은 몸의 중심을 잡지 못하고 흔들리기도 하고 비틀거리기도 하고 넘어지기도 한다. 술꾼들은 이와 같은 이유 때문에 곧잘 다치거나 부상을 입기도 한다. 전신주나 벽에 부딪히는 건 다반사고 바닥에 넘어져 찰과상을 입거나 계단에서 발목을 삐끗하기도 한다. 심한 경우에는 추락하여 중상을 입거나 목숨을 잃기도 한다.

결코 자랑스럽지 않은 얘기지만 나 역시 술을 마시고 자잘하게 다친 적이 있다. 계단에서 발목을 겹질려 염좌

진단을 받은 적도 있고, 집에 다 와서 담벼락에 얼굴을 긁힌 적도 있다. 그래서 얻은 희미한 흉터는 훈장도 아니고 숨기고 싶은 방종의 자국일 뿐이다. 그럴 때는 어쩔 수 없이 음주 라이프에 심각한 자괴감이 일기도 한다. 하지만 천만다행으로 술 때문에 가료를 요할 정도의 큰 부상을 입거나 타인에게 피해 혹은 상해를 입힌 적은 없다. 사실 그 지경에 이르면 술 마실 자격이 없다고 보는 게 맞다. 세상에 내 몸을 상하고 타인에게 피해를 입히면서까지 마셔야 할 술은 존재하지 않는다. 술은 수줍은 천사가 현실에서 그 천사성을 온전하게 꺼내놓는 데 작용해야지 자신의 정체를 감춘 악마가 현실의 무대로 튀어나와 가면을 벗고 날뛰는 데 작용해서는 안 된다.

심각한 알코올 중독자로부터 들은 얘기인데, 알코올 중독자들은 10년을 금주한 사람이든 일주일을 금주한 사람이든 단 한 잔으로 무너진다고 한다. 그래서 술은 한 잔이든 열 잔이든 알코올 중독자들에게는 그 무게감이 별반 다르지 않다는 것이다. 매우 의미심장한 대목이 아닐 수 없다. 술을 마시면 누구나 취한다. 술에는 장사가 없기 때문이다. 중요한 것은 취할 때까지 술을 마셔도, 그리고 취하기를 원해 술을 마시는 사람도 결국에는 그것을 본인 스스로 인지하고 통제할 수 있어야 한다는 것이다. 술을 마시는 사람은 절대로 자신을 잃어버리지 않아야 한다고 앞에서 쓴 적이 있다. 그런 사람만이 술을 즐길 수 있다. 자신을 잃어버리게 되면 자신은 동의하지 않은 무뢰한이 내 몸과 영혼의 주인이 돼버리고 만다. 그리고 그 결과는 참혹하다.

이건 일종의 예감인데, 내가 더 이상 술을 마시지 않게 된다면 그것은 술 때문에 더 이상 좋은 글을 쓸 수 없을 때일 것이다. 이것은 소설가로서 그리고 시인으로서 자존심을 걸고 말하는 것이다. 나는 술을 내 삶을 더욱 확장하고 깊이를 더 깊게 하고, 기분 좋은 영감과 자극에 섬세하게 반응하기 위해서 사용할 뿐이다. 만약에 술 때문에 내가 제일 좋아하는 글쓰기에 어떤 장애가 생긴다면 나는 미련 없이 술과 결별할 것이다. 술은 내게 도구나 수단일 뿐이지 그 자체로 지향이나 목적이 되는 것은 아니라는 것이다.

앞에서 술의 '첫 경험'을 얘기하면서 상세히 말했지만

처음 술을 마신 건 열일곱 살이었고 고등학교 문예반의 불량한 선배들이 종이컵에 따라준 소주를 분위기상 거부할 수 없어 받아 마신 것이었다. 그날 나는 그 술을 서너 잔 받아 마시고 오후의 긴 하굣길을 비틀거리며 걸었다. 지금도 그때 정수리에 부딪히던 햇볕들, 살랑살랑 불던 봄바람을 잊을 수 없다. 열일곱의 나는 독일어를 가르치는 여자 담임선생님의 총애?를 한몸에 받던 순진하기 짝이 없는 모범생이었다. 그 하굣길에서 마주친 친구에게 나는 "난 지금 황홀경에 빠졌어"라며 돼먹잖은 자랑을 했던 것도 같다.

모태로부터 내려온 나의 신앙, 기독교를 심각하게 회의하던 고1의 어느 토요일에는 술에 취한 채 다분히 악의적으로 학생예배가 열리는 교회에 갔다가 예배당 출입을 제지당한 적이 있다. 나는 그날 심지어는 징을 박은 가죽점퍼를 입고 있었다. 그 악을 가장한 순수의 단출함이라니. 그날 출입구에서 나를 막아섰던 전도사님의 눈빛이 선명하게 떠오른다. 그는 눈빛만으로 이렇게 말하고 있었다. "주여, 이 불쌍한 소년을 구하소서." 나는 사실 배타적 신념을 가진 종교인들에게 근본주의적 혐오를 표출하곤 했던 그 전도사님을 그닥 신뢰하지 않았기 때문에 그의 동정 혹은 경멸이 아무렇지도 않았다. 그래, 술은 내게 동정 또는 경멸을 견뎌내는 법을 가르쳐주었는지도 모른다.

내가 여기서 분명히 얘기하고 싶은 게 있는데, 술을 안 마시는 사람들이 술 마시는 사람들을 아무리 심한 어조로 경멸해도 술을 마시는 사람들은 술을 입에 대지 않는 사람들을 경멸해서는 안 된다는 것이다. 왜냐하면 술을 마시는 부류와 술을 마시지 않는 부류는 사실상 다른 체제와 다른 차원에 살고 있는 것이기 때문에 서로를 의식할 필요가 전혀 없다. 사실상 술에 취한 세상은 외계에 가깝다. 외계를 경험하는 사람이 어떻게 지구의 대기권 생활에 갇혀 있는 이들을 탓하거나 경멸할 수 있겠는가.

이날 나는 고로케를 만들었다. 고로케는 내가 어려서부터 그러니까, 술 같은 건 전혀 모르던 때부터 좋아했던 음식이다. 제과점에서 가면 가장 먼저 손길이 가던 메뉴가 바로 고로케였다. 우리는 '고로케'라고 표기하는데 이것은 명백히 일본에서 온 것이다. 일본 원어발음 코롯케

コロッケ는 프랑스의 크로켓croquette이 일본으로 전해지는 과정에서 변형된 표기다. 영어사전에는 그 형식을 존중해 japanese croquette이라고 설명되어 있는데, 일본에서 통용되는 발음을 그대로 따라 'Korokke'라는 고유명사로 표기하기도 한다. 일본에서는 편의점, 빵집, 마트, 고로케 전문점, 심지어 정육점에서도 판매되는 대중적인 음식이다.

백과사전에 따르면 한국의 고로케는 이름 자체는 일본에서 유래했지만 음식의 형식과 내용은 제법 다르다고 한다. 으깬 감자나 달걀, 참치, 다진 돼지고기 및 소고기 같은 속 재료를 밀가루를 반죽해 만든 피로 한 번 감싼 후에 빵가루를 묻힌 후 식용유에 튀기는 방식이 한국식이다. 이름은 외국에서 온 것인데, 한국에서 현지화되어 원산지 음식과 다르게 변한 대표적인 음식 두 가지만 들자면 아마도 자장면과 고로케일 것이다. 고로케는 재료와 조리법의 특성 때문에 만둣집이나 빵집에서 취급하는 경우가 많다. 한국 사람 중에는 고로케를 만두와 빵의 중간 정도로 이해하고 있는 사람들도 있다. 우리나라의 대형 빵집 프랜차이즈에서는 예외 없이 고로케를 팔고 있다.

레시피 또는 연금술

• 내가 만들어본 고로케는 감자를 주재료로 사용한 것이고 따로 피를 만들지 않은 것이다. 다만 밀가루를 입히고 빵가루를 그 위에 얹어서 최소한의 피 느낌이 나게 했다. 일단 고로케 소를 만들어야 하는데, 먼저 햇감자를 잘 씻어 껍질째 찜기에 넣고 충분히 익도록 찐다. 이때 계란도 3개 정도를 함께 쪄준다. 감자의 껍질을 미리 제거한 후 찌게 되면 신선한 햇감자 특유의 고슬고슬한 맛이 없어진다. 찐 감자의 껍질을 벗기고 보울에 넣고 부드럽게 으깬다. 완숙한 삶은 계란도 함께 넣고 으깬다. 후춧가루를 조금 치고 소금으로 간을 한다. 찐 감자와 삶은 계란을 한데 섞어 잘 으깬 후 적당한 양씩 떼어내 양 손바닥으로 돌려가며 원하는 형태의 모양을 만든다. 여기에 튀김가루를 충분히 입힌다. 고로케 소의 모양을 잡은 후, 깊이가 있는 튀김용 프라이팬에 식용유를 충분히 넣고 달군다. 튀김가루를 하나 떨어뜨렸을 때 바짝 튀겨지며 유면 위에 오르면 충분히 달궈진 것이다. 여기에 만들어놓은 고로케 소를 넣는다. 색깔이 노릇노릇하게 익어지면 채로 꺼내 플레이팅한다. 고로케를 찍어 먹을 소스는 취향에 따라 준비하는 게 좋은데, 나는 다소 묽은 타르타르소스를 준비했다. 언젠가는 같은 고로케를 매운맛 칠리핫소스에 찍어 먹어 보았는데 맛이 아주 좋았다.

29. 춘천식 닭갈비

성인이 된 이후 술에 대한 호감과 호기심으로 자발적으로 술을 즐기기 시작한 나 같은 경우가 아니라면, 사람들은 대부분 사회생활을 시작하고 직장의 회식에 참여하면서 술을 본격적으로 시작할 것이다. 특히 여성들은 그런 경우가 훨씬 많을 것이다. 타고나기를 몸에서 술을 받지 못하거나 이런저런 이유로 술을 기피하는 사람에게 직장의 회식은 골칫거리를 넘어서 거의 공포로 다가올 것이다.

'코비드 2019' 이후 회식 문화라는 것이 마치 천연기념물처럼 사라지다시피 했지만 그 이전까지 닭갈비는 회식 메뉴로 삼겹살과 함께 가장 자주 선택되는 메뉴였다. 회식에서는 당연히 술이 상대방에게 권해진다. 회식은 '함께 모여서 마시고 동질적인 감정을 느끼면서 결속력을 다지는 행사'라는 게 '회식주의자'들이 내세우는 덕목이기 때문이다.

내가 알고 있기로 술 좋아하는 사람들에게서 발견되는 공통된 특징 중 하나가 자기 앞에 앉아 있는 상대도 자기처럼, 그러니까 자기가 마시는 양만큼 술을 마시길 바란다는 것이다. 그래서 대체로 상대방에게 술을 강권하고 한 잔이라도 더 먹이려고 애쓴다. 애주가이고 술꾼을 자처하는 나이지만 나는 술자리에서 술을 권하는 습속은 나쁜 것이고, 가급적 근절되어야 하는 것이라고 생각한다. 그것은 기본적으로 타인의 자율적인 권리를 침해하는 것이기 때문이다.

나도 선배나 스승들에게 술 권유를 많이 받아봤다. 하지만 뭐 내가 원체 알아서 자기들보다 더 잘 마시니까 나중엔 권하지도 않는 것이었다. 아니 오히려 천천히 마시라는 소리를 더 많이 들었다. 아무튼 술 좋아하는 남자들

의 술 권하는 습속은 앞에 앉아 있는 이가 어린 사람이거나 여자일 때 더 노골적으로 된다. 내 입으로 내 자랑을 하는 것 같아서 좀 그렇지만, 나는 지금까지 밖에서 술 마시면서 같은 자리에 있는 그 누구에게도 술을 권해본 적이 없다. 내가 마실 술만 꿀꺽꿀꺽 마시면 그만이었다. 회사에서 회식을 주관해야만 하는 위치에 있었을 때 회식 날이 잡히면 나는 직원들에게 술 마실 사람만 마시라고, 심지어 회식도 오고 싶은 사람만 오라고 그랬다. 회식 술자리에 와서는 일단 나는 이렇게 못을 박듯 선언해버린다. "술은 각자 따라서들 마셔요." 그러곤 나도 내 술잔에 후배들이 술을 따르지 못하게 했다. 어쩌면 나는 호구 같은 상사였을지도 모른다. 하지만 나는 그런 나의 판단과 실천을 한번도 후회한 적이 없다. 사실상 술을 마신다는 것은 결국 자신과 대면하는 문제이기 때문이다.

그냥 눈 딱 감고 무엇이든 그 어떤 것도 타인에게 권해서는 안 된다. 그것이 귀한 소고기여도, 송로버섯이어도, 진시황이 그토록 찾던 불로초라고 해도 권해서는 안 된다. 자신이 원하는 것이면 권하지 않아도 사람들은 능동적으로 행하기 마련이다. 타인이 하고 싶은 대로만 존중해주면 최소한 꼰대는 면하는 것이다.

회식 이야기를 꺼낸 이유는 닭갈비에 대한 이야기를 해야 했기 때문이다. 닭갈비는 삼겹살과 더불어 가장 대표적이고 대중적인 회식 메뉴 중 하나다. 닭갈비를 사전에서 찾아보면, 닭고기 중에서도 덩어리진 부위인 닭 가슴살과 닭 다리를 매운 양념에 재워서 양배추, 당근, 깻잎, 고구마 등의 여러 가지 야채, 가래떡 등과 함께 철판에 구워 먹거나 볶아먹는 요리라고 정의되어 있다. 닭의 갈비뼈와는 아무런 관계가 없는 것이다. 닭갈비는 한자로 계륵鷄肋이라고 쓰는데, 쓸모없이 거추장스럽기만 한 존재를 가리키는 비유적 수사로 널리 쓰이는 단어다. 그런데 우리나라 사람들은, 닭 가슴살과 닭 다리 등 살코기가 풍부한 부위로 조리를 하면서 왜 닭갈비라는 이름을 붙인 것일까.

우리나라의 고유한 음식에 붙은 명칭은 합리적인 근거를 가지고 있거나 설득력이 있는 기원을 가지는 것이 있고, 그와는 반면 얼토당토않게 느껴질 정도로 엉뚱하거나 요령부득의 이름도 있다. 나는 그중에서 닭갈비라

는 이름이 _{자료를 찾아보기 전까지는} 가장 불가사의하게, 신기하게 느껴졌다. 음식의 이름은 고유 명사이기 때문에 외국어로는 한국어의 로마자 표기법에 따라 'Dakgalbi'라고 쓴다. 한국 바깥의 지역에서 닭갈비가 유일하게 인기 있는 일본은 タッカルビ_{닥가루비}로 표기한다고 한다. 아무려나 이름이 음식의 주재료와는 상관없는 이 음식에 왜 닭갈비라는 이름이 붙었는지 궁금해 자료를 찾아보지 않을 수 없었다. 그랬더니 다음과 같은 설명이 나왔다.

"1950년대 말~1960년대 초 강원도 춘천 요선동의 한 술집에서 술안주 삼아서 닭의 갈빗살을 양념에 재워서 연탄불에 구워 먹은 것이 그 시초였다. 값싸고 양이 많아서 춘천의 서민 음식으로 자리 잡았고, 소양강댐 건설 당시의 인부들과 102보충대를 비롯한 군부대 장병들에게 선풍적인 인기를 끌며 전국적으로 퍼져나갔다. 1970년대 초에는 닭갈비 1대의 값이 100원이라 '서민 갈비', '대학생 갈비'라고 불렸다."

이 설명에 의하면 실제로 닭갈비에 붙은 살을 양념에 재운 뒤 구워먹은 것이 닭갈비의 시초이고 그 시기가

1950년대 말이라는 것이다. 그런데 닭갈비에 붙어 있는 살이 얼마나 되기에 그걸 재워서 구워 먹었단 말인가. 이런 의구심이 드는 순간, 번개와도 같은 인사이트가 들어왔다. 오늘날 우리가 식용으로 먹는 닭은 모두가 양계장에서 대량으로 사육되는 닭이고 평균 달걀을 깨고 나온 뒤 한 달 만에 도축되어 작지만 부드러운 살코기를 소비자에게 제공한다. 지금 기준으로 소비자들이 먹는 닭의 크기를 생각하면 닭갈비에 붙어 있는 살은 믹을 만한 양이 아닐 것이다. 하지만 1950년대에 도축되어 식용으로 제공된 닭은 물론 양계장에서 출하된 것도 있을 수 있지만 개인 집에서 사육되던 것들도 있을 것이다. 그것들은 장닭이나 씨암탉으로 크기나 살코기의 양이 지금 우리가 먹는 닭고기와는 그 양의 차이가 엄청났을 것이다. 따라서 닭갈비에 붙어 있는 살도 충분히 발라내여 먹을 만한 수준이었다는 추정이 가능한 것이다.

사실 인터넷 백과사전에는 닭갈비라는 명칭에 대한 '썰'이 소개되어 있는데, 그대로 인용하면 다음과 같다.

"첫째로는 닭갈비라는 명칭의 유래가 원래는 글자 그

대로 닭의 갈빗살이었다는 것. 둘째로 숯불 돼지갈비처럼 화롯불에 구워 먹으며, 뼈가 붙어있고 양념이 되어 있는 형태였기 때문이라는 것이다. 분명히 실제 닭의 갈비가 시초가 된 요리이지만, 이후 다른 고기들의 갈비 요리와 비슷하다고 하여 닭갈비로 널리 퍼졌다는 이야기이다. 그래서 지역에 따라서는 닭불고기라고도 부르기도 한다."

이 자료를 접하고서야 어느 정도 닭갈비라는 명칭을 이해하고 받아들일 수 있게 되었다. 요리 전문가의 조언에 의하면 닭갈비는 닭의 비린내를 잡는 것이 핵심이라고 한다. 프랜차이즈 식당에서도 쓰는 가장 간단한 방법은 카레라이스 분말을 양념에 섞는 것이다. 닭갈비 맛집으로 알려진 집들은 카레를 쓰지 않고 저마다 개발한 방법으로 비린내를 잡기도 하는데, 이것은 다년간의 실험과 시행착오 끝에 얻어낸, 말 그대로 비법이니까 쉽게 캐내려고 하진 말자.

레시피 또는 연금술

• 고맙게도 웬만한 대형 마트에 가면 닭갈비용으로 잘 손질된, 적당한 크기로 절단까지 되어 있는 살코기를 구입할 수 있다. 닭갈비용 살코기를 흐르는 물에 한번 씻고 물기를 제거한 다음 프라이팬에 넣는다. 여기에 취향에 따라 양배추, 양파, 고구마, 떡 등을 넣는다. 가쓰오부시 육수를 물에 섞어서 만든 국물을 넣는다. 고추장과 고춧가루, 물엿, 다진 마늘, 생강 가루, 양조간장, 매실엑기스 등으로 배합해 만든 양념장을 넣는다. 한데 섞어서 중불로 가열하며 볶는다. 닭고기와 양배추, 고구마 등이 어느 정도 익었을 때 국물의 양을 보아서 육수를 추가할 수 있다. 여기에 라면 사리를 넣고 좀더 졸여주고 마지막에 열에 약한 대파와 깻잎을 넣어 5분가량만 더 볶은 후 완성한다.

30. 연어회와 마늘계란프라이

이제 이 책의 마지막 에세이에 이르렀다. 그래서 그런지 솔직히 말하고 싶다. 곰곰히 생각해보니 내가 술 마시는 걸 즐기고, 특히 사회적 관계마저 거부하는 것처럼 보이는 '혼술'을 좋아하는 이유는 성공과 행복 같은 세속적 욕망만을 좇는 자들에 대고, "나는 당신들처럼 살지 않는다"라고, "앞으로도 그럴 생각이 없다"라고, "나는 기꺼이 생을 탕진하고 몰락하는 데 바치고 있다"라고 외치려는 오만하면서도 유치한 의도가 있었던 게 아닌가 싶기도 하다. 어떤 상황에서도 자기객관화를 할 수 있다는 게 내가 드물게 가지고 있는 장점인데 그래서 나는 나 자신에

게 흠뻑 사무치지도 못하고 타인을 깊이 유혹하지도 못한다. 슬프면서도 안도감을 함께 느끼는 일이다.

좀 바보 같은 얘길 진지하게 할 참인데, 언젠가 집에서 혼술을 하다가 정말 혁명적인 주법 하나를 발견했다. 평소 나는 내가 술을 너무 빈번히 그리고 많이 마시는 게 아닌가 하는 염려를 떨칠 수가 없었다. 어떻게 하면 술을 줄이면서 술이 주는 즐거움을 온전하게 즐길 수 있을까, 이런 고민이었다. 술을 마시는 이유는 사람마다 다 다를 텐데 누가 내게 그 이유를 묻는다면 나는 주저 없이 "취하기 위해 마신다"고 대답할 것이다. 나는 술을, 맛있어서 마시는 것도 아니고 사람들과 어울리기 위해서 마시는 것도 아니고 긴장을 풀기 위해서 마시는 것도 아니다. 정확히 말하면 내가 원하는 어떤 '환幻'의 상태에 다다르기 위해서 나는 술을 마신다. 앞의 어떤 에세이에서 얘기했던, 기분 좋은 자극이나 영감과 접속하는 순간이 바로 환에 도달하는 순간이다. 술이란 내게 가장 값싸고 구하기 쉬운 환각제인 셈이다.

그런데 내가 원하는 환의 상태에 이르기 위해서는 보

통 오리지널 '빨간 뚜껑' 소주 두 병 반 이상이 필요하다. 그 정도는 마셔야 내 영혼에 부력 같은 게 생기면서 현실의 바닥에서 내 몸과 정신을 들어 올릴 수 있다. 그런데 이게 조금 부담이 되면서 소모적으로 느껴지는 것이다. 비워내야 하는 술의 양도 적지 않고, 안주도 그만큼 먹게 되고, 취하기까지 시간도 많이 걸리기 때문이다.

그런데 어느 날 나는 드디어 이 문제의 해결책을 찾게 되었다. 그날 술상에 올린 안주가 무엇인지는 기억이 나지 않는데, 나는 첫 잔, 두 잔, 석 잔을 안주를 입에 대지 않고 일부러 스트레이트로 거푸 마셔본 것이다. 그러니까 속에서 살짝 불기운 같은 게 지펴지면서 머리가 핑 도는 것이다. 내가 애용하는 소주잔은 에스프레소 커피잔으로 보통의 소주잔보다 용량이 크다 그렇게 석 잔을 스트레이트로 마시고서는 다른 때와 같이 술 한 잔에 안주 한 점 이런 식으로 계속 마셨는데, 소주 한 병 반을 비웠을 즈음 내가 원하는 환이 찾아왔다. 평소보다 훨씬 적은 양의 술을 마시고 같은 수준의 취기에 다다랐던 것이다. 유레카! 그날 이후 나는 첫 석 잔은 안주 없이 스트레이트로 마시는 것을 실천했는데……, 아, 이것도 관행이 되다 보니 어느새 내성이 생겼는지, 더 이상 먹히지 않는 것이었다. 그래서 다시금 예전의 주량으로 돌아갔다. 하고 보니 좀 허무한 얘기가 된 것 같다. 내가 이 얘기를 한 이유는 다시 말하지만 내가 음주를 즐기는 이유, 또는 목적이 내가 원하는 환의 상태에 도달하는 데에 있다는 것이다.

연어는 한국 사람들이 그동안 접해온 식재료의 연원이나 전통을 생각할 때, 그리고 그 수월성과 접근성을 생각할 때 비교적 근년 들어 소비가 이뤄진 식재료라고 할 수 있다. 기억을 곰곰히 되살려 보니 내가 연어를 처음 먹어본 것이 2000년대에 들어서인 것 같다. 내가 고등어를 처음 먹어본 것이 1970년대인 것을 상기하면 그 시간차가 시사하는 바는 적지는 않을 것이다. 내 기억이 틀림없는 것이 2000년 이전에는 솔직히 식료품점이나 마트는 물론이고 수산시장에서조차 연어를 판매하는 경우가 드물었다. 신자유주의의 물결이 거세게 퍼지면서 전 세계 교역과 물물교환의 지배적인 기조가 되었고 그것이 나 같은 동아시아의 변방에 사는 술꾼의 식단에까지 어떤 변화를 가져다준 것이다. 나는 술상 앞에 가만히 앉아 안주의 재료를 통해 세계 문명의 흐름을 감지한 것이고.

지구적 문명이 개인의 풍속까지 바꿀 수 있다는 사실은 사실 유쾌한 것은 아니지만 아무려나 연어가 술집과 식당의 메뉴판, 가정집의 식단에 오르게 된 건 그 즈음부터인 것이 틀림없다.

나는 연어를 회로 처음 먹었는데, 그때 느낀 감정은 '거부감'에 가까운 것이었다. 활어회가 아닌 숙성회라고는 하지만, 익히지 않은 생선살이라고 해도 너무나 물컹하고 탄력이 없었기 때문이다. 거기에 특유의 연어 향은 너무나 낯설고 이질적인 것이었다. 연어회를 처음 맛보고 났던 그 무렵, 연어가 도대체 어떤 생선인지 새삼 사전 같은 걸 뒤져보았던 기억이 난다. 그랬더니 연어의 삶은, 기꺼이 경의를 바쳐도 좋을 만큼 애틋한데다가 강과 바다를 넘나드는 그 광활한 모험을 수반하는 회유성이 문학적인 감수성을 충분히 자극하는 것이었다. 실제로 기민한 시인 안도현은 연어를 소재로 동명의 동화를 쓴 적이 있다.

사전에서 연어를 찾아보면 이런 소개글이 나온다.

"연어鰱魚는 연어속에 속하는 물고기들이다. 치어는 강

에서 태어나 바다로 가서 살다가 성체가 되면 다시 강을 거슬러 올라와 상류에서 알을 낳는 회유성 어종이다. 이 독특한 회유 습성으로 인해 생태계의 영양 셔틀 역할을 한다. 횟감이나 구이 요리 등으로 인기가 많은 생선이다."

그런데 이 설명은 연어의 매력을, 당연히 충분히 설명하지 못한다. 자기가 알에서 깨어난 강의 향기와 물살을 기억해, 죽음을 무릅쓰고 수만 킬로를 다시 거슬러 도달한 후 후손을 남긴 후에 기력이 다해 죽는 연어의 삶은 너무나도 극적이어서 인간의 상상력과 영감에 지울 수 없는 인상을 남기기에 부족함이 없다. 그래서 그런지 나는 연어를 안주로 먹을 때마다 새삼 경건한 마음을 갖게 되곤 한다.

강에서 태어난 연어가 바다에서 성장한 뒤 산란기인 9~11월 사이에 다시 강으로 돌아가는 과정은 말 그대로 시련과 고난의 연속이다. 그 도정에서 물개나 상어 같은 상위 포식자들의 좋은 표적이 된다. 그나마 겨우 강에 도착한 연어들은 월동 준비를 위해 살을 찌워야만 하는 곰들에겐 가장 손쉬운 먹이가 된다. 당연히 인간들도 그 시기에 강에서 연어를 식용으로 낚아 올린다. 그뿐인가 늑대나 맹금류 같은 대형 조류들도 강에 도착한 기진맥진한 연어를 가만 놔두지 않는다. 이런 연어의 생애 자체가 안온한 조건에서 정신과 욕망만 비대해진 인간에게는 시사하는 바가 많다고 할 것이다.

아, 감상적인 시인이나 내셔널 지오그래픽의 시선이 아닌, 술꾼의 관점으로 돌아가서 애길 하면, 연어는 대체로 세 가지 방식으로 먹을 수 있는 식재료다. 회로 먹거나, 굽거나 졸여서 먹거나, 훈제로 먹는 게 그것이다. 몸피가 큰 연어는 10킬로그램 이상 나가기 때문에 술꾼 포함해서 포식자들에게 연어는 축복이 아닐 수 없다. 생선 중에서 동서양 가리지 않고, 대구와 함께 가장 널리 식재료로 활용되는 것이 연어일 것이다. 그 특유의 붉은 빛깔을 띠는 연어의 살을 볼 때마다 나는 육식의 현재적 감각을 실감하고는 한다.

레시피 또는 연금술

• 연어회에 레시피라는 게 따로 있을까. 연어회는 생연어회와 훈제
연어회로 나누어 시중에서 팔고 있는데, 유통에 비교적 여유가 있는
훈제연어회가 가격이 생연어회보다 30퍼센트 정도 저렴한 편이다.
연어회를 사와서 접시에 잘 올리고 케이퍼나 올리브 같은 걸 함께 플
레이팅한다. 소스는 타르타르소스가 가장 잘 어울리지만 우리 식으
로 초고추장을 곁들여도 좋고, 생고추냉이(와사비) 간장을 만들어도
좋다. 대형마트의 경우, 케이퍼나 올리브는 연어를 진열해놓은 매대
에서 함께 판매한다. 연어회와 함께 올린 마늘계란프라이는 계란프
라이를 할 때 마늘을 통째로 몇 개 넣어서 함께 굽는 것인데, 계란에
마늘 향이 배면서 훨씬 풍미가 좋아지고 부족한 영양소의 균형을 맞
출 수도 있어서 내가 주당들에게 적극 권장하는 초간단 안주이다. 마
늘계란프라이는 모든 메인 안주에 잘 어울리는 안주다.

에필로그

원고를 마치는 시점에서 거창하게 말하는 것 같아 좀 그렇기는 하지만 내 혼술의 역사는 사실 유서가 깊다. 술을 처음 배운 이후부터 혼술이 시작되었다고 해도 틀린 말은 아니니까. 나는 다른 사람들이 그런 것처럼 친구들, 선후배, 그리고 동료들과 어울려 술을 마시는 한편, 혼자서도 지속적으로 술을 마셔왔다. 그러다가 10여 년 전부터는 집에서 직접 혼술상을 차려서 술을 마시는 취미를 가지게 됐다. 바깥에서 원치 않았던 관계로부터 스트레스를 받거나 소통 불가능한 이들에게 상처를 받으면서부터 오롯하게 혼자 마시는 술이, 그러니까 나의 내면 깊숙이 침잠하는 시간이 하나의 필연적인 대안으로 다가왔기 때문이다. 그런데 술집에서 혼자 마시는 술은 어딘지 내 정서상 내키지 않았다. 무언가 어색하고 불편한 기미가 내 신경을 자극하는 것이었다. 일단 마음이 편치 않았는데, 식당이나 술집에서 혼자 자리를 차지하고 있는 내 모습이 거대하게 굴절되어 자의식의 창에 불구적인 거인의 형상으로 비치는 것이었다. 그래서 집에서 마시기 시작했다. 가장 편하고 익숙한 공간에서, 내 자의식을 잠재울 수 있는 아늑한 곳에서.

그렇게 일주일에 두 번 정도는 직접 집에서 술상을 차렸을 것이다. 그즈음부터 내 음주의 7할 이상은 혼술로 채워졌다고 해도 과언은 아니다. 산술적으로 보면 지금까지 못해도 1000번 이상 혼술상을 차린 셈이다. 물론 그 술상에는 내가 직접 만든 안주와 바깥에서 사온 안주 등이 놓이곤 했다. 그런데 어느 순간 내가 차린 혼술상을 기록으로라도 남겨놓으면 나중에 돌아볼 때 소소한 재미 같은 게 있을 것 같아 사진을 찍기 시작했고 그것을 SNS에 올리기 시작했다. 7~8년 전부터 그랬던 것 같다. 그런데 의외로, 기대하지 않았는데도, 사람들이 나의 궁상맞은 혼술상에 관심을 가져주는 것이었다. 지금은 혼밥이나 혼술이 시대적인 특질과 문화를 반영하는 라이프스타일로 인정받고 있지만 그때만 해도 혼술은, 일반적인 것이나, 긍정적인 것으로 받아들여지지 않는, 좀 괴팍한 취향 같은 것이었다. 실제로 내 친구나 선배들은 점점 더 혼술에 탐닉해가는 나를 진지하게 걱정하기도 했다. 아무려나, 내 혼술은 깊고 그윽해졌다. 그렇게 300번 정도의 혼술상 사진을 찍어서 올렸을까. 몇 군데 친분이 있는 출판사로부터 책을 내보면 어떻겠느냐는 제안이 들어왔다. 처음에는 손사래를 치며, 아이고, 농담도 지나치네요, 나는 소설가이고 시인이에요. 무슨 술 먹는 걸 책으로 내요. 이러면서 정중하게 물리쳤으나 그 마음을 끝까지 유지하지는 못했다. 왜냐하면 나의 혼술은 진심이었으니까. 진심 어린 침묵이었으니까.

Thanks to

술상에 올려져 술꾼들의 술맛을 도운 수많은 음식과 식재료에 대한 다양한 과학적, 역사적 정보를 인터넷에 올려주신, 이름을 알지 못하는 분들께 진심으로 감사드립니다. 해당 자료를 참고할 수 없었다면 이 원고는 쓰이지 못했을 겁니다. 아울러 나의 혼술을 이해하고 견뎌준 친구와 선후배들, 계속 미루기만 했던 원고 마감을 지켜봐 준 손현욱 대표님께 감사드립니다.

너희가 혼술을 아느냐

1판 1쇄   2022년 3월 10일

지은이   김도언

기 획   손현욱

펴낸이   손정욱

마케팅   이충우

디자인   이창욱

펴낸곳   도서출판 답

출판등록 2010년 12월 8일 제 312-2010-000055호

전화   02.324.8220

팩스   02.6944.9077

이 도서의 국립중앙도서관 출판예정도서목록(CIP)은 서지정보 유통지원시스템 홈페이지(http://seoji.nl.go.kr)과
국가자료 종합목록 시스템 (http://www.nl.go.kr/kolisnet)에서 이용하실 수 있습니다.

ISBN 979-11-87229-48-3

값 17,500원